U0057770

AQUARIUS

AQUARIUS

AQUARIUS

AQUARIUS

每個人心中都有一座島嶼，

藉文字呼息而靜謐，

Island，我們心靈的岸。

貓在之地
崔舜華

獻給E、阿醜、拉赫曼尼諾夫和尼古丁。

目錄

目錄

輯一　匿名書

貓居

不知何時起，我開始過上了這樣的日子。鎮日地窩在窄小的套房裏，打字，失眠，抽很多很多的菸，看一再重複看的日劇。《四重奏》和《俠飯》，劇中人物喫飯交談走路，我看著螢幕上自己從未抵達過的街景，路燈和商店和冒泡生啤，暫時擺脫了房間裏無色的風景。在夏與秋交替的時候，窗外通常落雨，了無朝氣的植物們排排站在巷子兩邊，像駐守無人留連的戰地的兵，無可倖免地垂頭喪氣。

早上通常是會出門的，蹓著朋友送的繡花拖鞋，繞三個彎到另一處巷口的便利商店，邋邋遢遢地提著一些物事往回走，例如一杯冰的美式黑咖啡，攬兩顆糖。一兩包LUCKY STRIKE或ＬＤ或Davidoff。除此之外，僅有垃圾車樂音響起的時刻我才願意脫室而出，拎著垃圾和回收物雜在一群中年阿姨叔叔之間，看那歌唱的黃色巨獸從路的另一邊慢慢地晃過來。把垃圾扔進獸口，好像便沒甚麼可做的了，雙手空蕩，些微悻悻然地踩回套房。窗外猶在下雨，植物們喪失求生意志般俯首低頸，風景默不作聲。

這樣近乎穴居的生活，是和貓一起過的。沒有稿子可寫時，不知所以地敲著鍵盤，像此刻這般地寫一些不知所以的囈語式的句子，或者蜷在床畔按著手機和遠方的友朋談話——你睡了嗎？還沒，你呢？——這種時候，貓便會喵喵地來到身邊，擦著我的臂膀要求撫摸。摸夠了便霸占著枕頭搔抓，摟著我的手掌和小臂要咬要玩耍。我伸手想抱貓，而貓通常一溜煙地跑了，床依然是空的，像將手伸進一陣毛毛雨中，握住拳頭甚麼也抓不牢靠。

偶爾，我盤坐打字的時候，貓會偎著我的小腿或腳踝睡覺。貓剛來時又迷你又膽怯，整整一週，她躲在床底角落一聲不響，睜著黃亮亮的眼睛向外窺探，連貓碗都得靠放在床前，等我睡了她才靜靜地出來喫食。

後來，貓長齊了幾吋，才發現她是標準的晝寢熬夜之流，喫飯也從一日兩回加餐飯至一日四五回。我睡眠不好胃口不佳，每週得跑兩次市區看診拿藥，中藥和西藥和維他命喫得比飯多，胃囊被藥占滿，感覺全身都散發著苦氣，情緒從未明亮過。

貓則是全然地務實主義者，第一次帶她去動物醫院，為了輕微的感冒，領了藥粉撒在罐頭肉上，她喫得勤快一如往常。第二次則是為了頭頂和尾巴上的癬塊，貓的癬使我焦慮非常，甚至夢見貓全身遍發癬病，不知如何是好。醫師開的藥水擦在患處會刺癢，我哄著勸著按著，貓就是不肯乖乖躺下讓擦，一開魚肉罐頭貓就來蹭手討食，我趁她吞嚼之際手忙腳亂地給她上藥，屢試不爽，半點也沒影響貓進食的胃口。要不貓太健忘，要不就是她太懂妥協。

貓懂的，大多半我都不懂。貓不忮不求，不增不減。而我易妒又貪心，能抓到甚麼都想攢緊在手裏，患得患失。但她告訴我活著其實是一件很簡潔的事，只要你還願意，每個當下便是一條河，我們必須及時涉水而過，一條河又一條河地走，即使那是多麼悠長而荒涼的事。（2018）

地面下

你們在笑，你們甚至會說，在這種情況下，雞窩與巍峨的宮殿——毫無二致。
「是的，」我回答，「如果活著僅僅為了不被雨淋濕的話。」（《地下室手記》，杜斯妥也夫斯基）

兩個夏天之間，我往復於兩座遙遠且無關的地下世界。第一座地底小閣緊鄰著明亮的大型賣場與販售文具雜誌的書局，兩坪大的店面，進店迎面而見一只嵌著平面全身鏡的工具收納櫃，櫃內架面隨意地擱著無線電剪、打薄剪、電動刮鬍刀、痱子粉與一把缺齒的直梳；櫃頂掛鉤懸吊著一隻小吹風機、一件防塵薄透披肩、一套綴滿斷髮的工作服；靠牆處則是一把毛刺開綻的掃帚、一雙無花飾黑色皮質沙發，人多時，來客便逐個挨著臂膀窩進沙發輪候，伸展剛剛逛畢賣場的腿腳。

這是E一手砌建的宮闈，坐棲於地面下一方邊間偏角，形狀色調都像一隻精準切分的乳酪磅蛋糕。店牆漆寫著一行豔橘色的英文店名：EASY，來自每名髮型師必備的英文名，來自E直覺的命名，簡潔易記、有形有影地將此名植入路過鄰里們的街景印象。

E專事一切有關頂上煩惱絲的瑣細修繕，店內必要之物皆齊備，唯獨沒有提供水洗與捲燙，牆端嵌裝冷氣的洞孔始終擱置，像一隻水泥的盲眼；E說若要接水頗費周折，接灌賣場的中央空調又得繳納昂貴電費，店中因而備有兩臺移動式水冷扇，分別供給客棲身的皮沙發與理髮椅吹送。一道黑白碎珠的門簾，隔開工作與休憩的私人空間。每當有人進店呼喚（或動機不明地默不作聲立在門畔），E便迅速攬上口罩現身招呼。日復一日，E一邊按覆著連續作響的預約訊息、熟練地繞走於數十顆或茂盛或稀薄的頭顱間，俐落地舉刀落剃，如一名矯健的獨舞者，在遠離夏晝的地面下，地底之神神祕地眷顧著他清瘦而年少的身影。

●

我在仲夏的尾端認識E。七月下旬，仲夏正倨傲地袒裸巨大的金色的肩胛，行人如碎鱗，無魂地遊避於劇烈的日曝與稀少的屋蔭之間。我剛遷離一段糾結多年的關係，逃難般一路淌著熱汗遁入C鎮的租房。少少幾隻紙箱搬入屋內，我逐箱拆封、揀點雜什細軟，下樓去附近的百貨賣場採購滿袋的清掃用具、飲水與香菸。貓探身出籠、鬆著懶腰，好奇地在揮舞的抹布和小帚間繞步巡視，黝黑的鼻頭逐一指認各種陌生的氣味形體，鬚尾輕顫、蹭點我久跪痠疲的膝腿。

房內諸物擦洗完畢，我將蓮蓬水量扭到最強，仔細沖刷黏附膚髮的塵垢汗污，霧氣掩映的半身鏡裏描畫出水滴淌流的裸身，我徒手抓梳良久缺欠整頓的亂髮，新生的漆黑髮根駁雜著髮尾褪色的褐黃，像土石流後裸露的粗礪斷層。套上舊T恤和牛仔褲，尋向附近街區的髮型店，走向鄰近的N街某號懸著橘色旋轉燈柱的地下室，乖順地挺直背脊坐入黑皮客椅，設計師手腳俐落替我剪斷枯乾煩惱絲。

他說叫他E，這樣就好。

隔晚，E約我在KTV包廂碰面，脫下口罩與工作服的E，臉身清麗纖細，像一朵雪色百合，迷醉熾烈，彷若含毒。

出了KTV天已大亮，我們雙眼惺忪肌骨瘦澀地喫了簡單的吐司和紅茶。順理成章般地，我挽著E走上我的屋，走進我的身體，我們褪去衫褲、小心翼翼地摟擁抱，輕盈卻激烈地同時陷落又飛昇。我窺見的E赤裸臂端的紋身——一張咧牙齜鬚的黝青龍面，箭眉飛蹙，靜默依傍於白皙強壯的肌理之上。

我低頭，極輕地嚙吻那尚未點睛的龍目，如親吻兩顆水晶的斷肢。貓匿在桌底謹慎地收爪視察，一雙月黃貓眼晶爍地圓睜，像觀音絕不動心地，惘望著床畔翻湧交纏的裸身。

某幾個魚灰色的凌晨，我們併肩臥枕，E會低聲述起父親工廠倒閉那年，他輟學、混過一陣子不成氣候的江湖；後來復學，念了專精美術的A校，卻因犯菸禁被飭令轉到另一所職校B，有一搭沒一搭地修完美容美髮的學分。這期間的數千時日中，為了補貼家用，E四處打零工，曾被快餐店的鐵板嚴重燙傷手臂，也曾在加油站徹夜站扛著沉重的油槍。

後來，他租下N街地面下的店室，豎起旋轉燈招，專事各型各色的白縷烏絲；為了補貼店用，他標會籌款、晝夜兼差，髮店打烊後便騎車飆往東區高廈，換上夜班警衛制服、提燈巡戍地底一深更復一深的空蕩黑暗……

苦難必須由美麗之人承擔。E身上古遠的傷疤如一道幻術，我無可自拔地溺入迷戀的泥沼。我變成介於地面之上與之下的一條浮魚，游移往返於光照與闇室、夏晝與黑夜，鱗鰭載返各種水氧細藻般瑣碎物事。我盡力比E更先一步想像且滿足其所需之物：飲水、咖啡、菸食、隱形眼鏡、拭汗潔面的濕紙巾、各色髮膠蠟泥、跨國網購的嶄新型號的刀具……同時，我將自身的品味私心偷渡進E的身周，量身添購手作銀飾、摘植飽豔欲滴的鮮潤盆葉、揀置澤質優雅的牛津皮鞋、輕薄寬舒的手縫襯衫、去鎖匙店複製一把住處的鑰匙塞進E手裏……

每項繁複或簡單的饋贈，都是我極盡所能給出的心。我想補償他，想給他所有他本應擁有卻未曾享用的精緻、安適與甜蜜。愛的朝貢無須計償，現實卻緊隨虎眈。我攢著拮据的存簿數字，低下身段、放軟聲量、日日頻繁地上網覓職，頂著烈陽逐扇捺響陌異的門牌。溽夏之末，我與某家雜誌社總編約在咖啡廳午餐，我按捺著因早起而翻絞的胃腸，對著一杯摻奶泡的冰咖啡，溫順地聽著她急切談論著企業經營的為難、文化媒體的價值所在，以及她對文學數十載不曾更易的堅定。我確實地被她強大的意志感動了，但這份感動同時也出於我對這份編輯職缺的需求。總編一邊小口撕食著鮮奶吐司，一邊承諾我，再過一段時日，我將在她統御的轄下獲取一個座標。

●

秋天很快地逼面，季節之神的降臨並不容抗拒。我膽怯地步入政經繁鬧的臺北都心，置身巨大神祕的地下城垛：這座地底堡壘複雜且氣派，座落於一幢氣派高廈的地下二樓，面朝首都要府，兩棟政經建物彼此眼眉覷著眉眼，隔著一道圓環，暗送祕辛相繫的秋波。

且權宜稱它為F廈吧。樓廈之中深深疊疊地包攬了展示廳、咖啡店、會議室、停車場與眾家辦公間倉儲間。初秋十月，行路仍難，驕陽不減氣焰地炙灼著，然而燙金刻膚的日光，一入廈廣闊的玻璃門扉即被陰涼的空調攔腰斬斷。乘電梯往下沉落兩級，門啟之際，地底陰深的寒氣襲面迎接，敲打鍵盤的嗒嗒嚓嚓與咬耳低語的窸窸絲絲，彷若聲訊雜錯的收音廣播。我踏入那片雜沓模糊的聲域，心虛地躡緊腳步、打卡入座。

朝九晚五的僵固作息，對習慣了熬夜晏起的我，於焉成為重回職場後最切身的苦行。數不清多少回，我僅花五分鐘梳洗穿衣、下樓搶一杯咖啡便橫衝過交通燈示、攔截任一臺計程車直接跳表飆行中山南路F廈側門，腦海盤桓的是出門前瞥眼捕捉的E那側臥床枕安詳如嬰的睡顏。與E的戀愛教我心折、服從以至於偶爾莫名地感覺酸楚，我凝視著眼前近百封的Email和訊息嚴厲地分心。午休時間，我擱下飯食，上樓撥打E的號碼，諦聽神啟般將他惺忪的菸嗓、刷牙掀被的窸窣聲響收納入囊，間或也聽見貓在旁咽嗚，討索著虛構的逗撫——我想像著E屈下線條優美的腰身刷牙擦臉，那光景供我倚賴度日——渡越地面下無光照無時間的漫漫闇路。

除此之外，我簡直無計可施。地面下光陰似雪，任憑如何艱難地舉步跋涉，時光遙遙，視野所及，總難以抵達那遍地陰霜的盡界。燈光慘白如翻肚之魚，網路遲緩似斷訊孤城。每逢時針抵達傍晚六點半，其他部門的同事理直氣壯、不容耽擱地收拾桌面。她們或有嗷嗷待哺的先生幼子，或有亟需照扶的年長公婆，總編特別照意下屬的家事，人情與遁辭向來曖昧難辨。地面之下，唯我無家未婚，貓不夠格成為需被看顧的理由，故理當或虛或實地多加些班、彌補早晨遲至的罪愆。

●

地表上的風景，經常仍是爍亮溢目的白晝光刺，枝葉如寶翠如珠鑽、懸搖高處炫耀著滿面的玉色。我從未留心記識從T站到F廈途中整排地圍繞某大型醫院茂長的植物名諱，它們滿懷欣然地沿路目送我往返地面上下。明媚薰風與闇清荒域，不過是感官的謊局。每隔一段時間，我會縮緊肩軀、乘電梯上去地面，速速經過數雙背對著我牢盯數十面監視映影的眼球，眼球的主人們幾乎已受馴為機械、不必低頭便能準確地往鐵製便當盒扒飯噍菜。我像一條鬼魅的半影滑出警衛室後門抽菸，間或引起些許虛無的留意。

我短暫浮出地面數回，總是去旁近的商店補充咖啡因和尼古丁、剝兩顆茶葉蛋或微波粥水、稍稍鬆綁緊縮如拳的胃，啜著濃澀的咖啡和煙霧，往來人群容色消靡地靜默流過視線。此區居民大半屬於高齡族群，二十來名伯叔姑姨聚避在樹蔭下，甩扭鏽斑滿布的枯臂瘦臀、摹擬那曾經肉身如花的一地贌餘；一群高中生炫示還沒長成形狀的肢體、地板動作旋轉跳躍、大肆甩弄青春的水濘。其餘的，便是兩三相互攀肩持杖的行路人，多半懷抱著難言的病瘤與朽脆、朝潔白寬敞的醫院大門緩慢航去，像漂游的殘舟敗帆。

我吮著菸頭火星，將街面餽贈予我的風景大口吞吸入腹，復返身地面下。等下一次現身地表時，天光已然盡滅，臉色如流蠟的人潮拿捏著前後距離的緊迫分寸，向捷運站公車站計程車站湧流而入。階梯通往更深處的地層，列車輪轆不息；轉乘兩趟路線出站後回到N街，沿途拎購一串咖啡菸水，為從晝午勞碌至夜晚而難掩疲憊的E暫且鎮涼。E在猶亮爍著燈招的地下室，正剪修著最末幾顆髮顱或已掩門清掃。我接過掃帚，無言地驅集磁磚與椅腳周邊累積如苔的落髮，貪戀地嗅辨著他或許困頓或許歡欣的吐息。

髮絮灰花參差，若浪漫些，或可將其想像為北方大地的半融的雪意，但對E而言那是日復一日毫無間斷的勞動，那一大落髮丘，是他的店租、電費、保險、健保與雜沓難數算的日常開銷，是他無可避責的的家人生計，是他全身僅僅賸餘的一管薄血，細細地可憐地逐月注入那無徑可通、無虞無憂的夢之存摺。

許多事情我還不能理解，但E是那類甘心於自我獻祭的人。他總是供給他人很多很多，留給自己的僅是最小餘裕的溫飽。像逐日重複的儀式，從一間地下室移轉到另一間地下室，第一處地面下有E，有我的戀人，他的真實。第二座地面下，有遠逾於職場關係的羈絆，有我扛負不起的期待，以及無可轉圜的叛逃。

淋漓的冬雨午後，我趕赴某家頗負盛名的書店主持一場作家對談，我邊與攝影師低語捕捉鏡頭內最體面的眾人身情，邊側眼瀏覽身周要價不菲的珍本古籍，無法避免地想，我身在何處？年歲幾數？這一切有何意義？有何意義？

對談結束，時間也晚了，我忘了攜傘，E騎車載著全身濕淋淋的我，去附近的連鎖咖啡店買了一塊生日蛋糕，我向店家要了數字蠟燭；點燃燭芯，我看著自己的衰老在層層甜霜上發光融淌為櫻桃色的燭淚，感受到某種置身時光巨掌中、塑膠模型兵般被擺弄捏塑的無可抗拒。

午夜，我向總編F遞出辭呈，私訊中委婉簡述了我當初進入媒體的初衷與私心，並感謝F願意在我亟需機會時、慷慨看重我身為編輯的價值。諸言碎語按下送出後，整整被擱置兩日，她在想，我在等。終於，我被喚進辦公室，一場情感與編輯經驗的拔河賽於焉開演。總編堅定地表態、要我再多考慮幾回。後來，我主動擾響辦公室大門，以直球之姿投述目前我給家人陪伴實在不足，並加重砝碼（即使那確切誠懇地）

強調我後半生必然緊緊擁懷著的、無可退讓的寫作幻夢。

F終究讓步了。我望著她優雅柔捲的短髮、俐落的褲裝和低跟皮鞋，望著她年屆七十依舊精密強壯的肉體與意志，隔桌坐在她面前的我顯得多麼軟弱多麼無知，我想自己一輩子都不可能成為有用的人了。

離開那日，我最後一次步入地面下的電梯，從中陰的幽僻之角向自己密誓：即使此生一事無成，或許也可以靜庸地獲得幸福。

我拖著沉重的行李箱，箱內是數十本我購得的與他人贈送的書本。喚來一臺計程車，司機閒閒地向我宣稱：如今沒人看書了啦。我說有的，還是有人願意好好讀一本書。

●

晚春收攏最末一影裙襬，影影綽綽面朝暖花遙放的海波中央行去了。炎夏再度迫近、緊咬著腳跟的影形不放。中午與黃昏等候垃圾車時，我套上塑膠手套、雙臂挽著地下室裏塞滿陌生髮絲的二十四公升垃圾袋，追逐清潔隊員總是或前或後多踏兩尺的油門。入夜之際，陽光貪戀地流連駐步，柏油路面蒸演著這座庶庸C鎮的海市蜃樓。迷你、魔幻卻困窘。我追隨鞋底日漸縮短墩胖的影子，如褪盡鱗甲的魚，僅盔上一只口罩，循著某股不可逆的宿命的迴廊，走向光線空氣貧乏滯悶的地下室。

那裏的地面下有E，有我們併肩胝足、牽手構築的場景模型。我不需早晨八點起床，卻日日疲憊不堪地睡到下午，收拾筆電背包去最靠近的咖啡廳寫字築稿、鎮日僅飲冰水、咖啡與茶，晚餐時喫得繁雜不定，有時自己煮飯燉湯，有時乾脆喫貓不屑一嘗的肉乾魚條；喫很多的藥，看很多的診，近午與傍晚時固定給E送茶水飯菜，怕他餓著瘦著累著，經常疲憊暈眩的卻是我自己。除了寫字，我無法感到自己可能變成一個有用之人——廢柴與渣物，落淚的零餘者，如何能僥倖地期盼著幸福的永恆？

所謂永恆的幸福，竟然足以使我們信任真實？

我訂製一幅葛飾北齋的複製海報，好遮蔽店牆那一角水泥窟隆，碧雪湧動的浪花順道淡化了那行刺目的亮橘手漆字。我訂製一組DIY原木書架，E代我組釘，工畢，擺上乾燥花、油畫、絨毛玩偶、大象雕塑、裱含木框的色鉛筆素描、數冊絕版日本雜誌。其餘無冗讀的書便標上極可親的價格，久候識字人攜它們回家。

萬物皆具陰影，那是任何曲折之光都無法觸及之地，譬如密林深幽處沼澤，譬如雪片初融後的瀰漫淡霧的城市；譬如漆黑無星的深夜裏布滿哭喊與窒息的船難的噩夢；譬如甫出子宮便鎖著眼睛夭折的嬰兒……但我們該如何否認？否認即便是那狹窄溽濕、燈管明滅、塵髮纏身的地下密室，即使無窗、無風無陽，僅僅因為塵露還在梧桐上綠繡著鳥吟的痕花，便教我們心懷盼望，且撞見地面下有整株的黃金葛與青百合，且倚著寶特瓶緣綻放，無視時光荏苒。

前事

每個活過的日子都是幽靈，你想驅逐那無形體無音聲的灰影，而那魂影卻總是亦步亦趨地密隨著你，在你身後，在你因疲累而恍惚空白的片刻，前事趁隙而入，像一名狡黠靈敏的竊賊，嫻熟地竊取你原應平靜無縐的日常。

尤其深夜，晨光放明以前，此世界無邊的曖昧與無可言詮經常地使你感到無助與驚惶。記憶的魑魅在夢中膨脹嘈雜，擠壓你的意識與肉體直至你從床上一身冷汗地悚然驚醒。

那些歷史的魍魎只屬於你。你趿上鞋出門，疾步繞走每一條無燈光無犬聲的夜巷。黎明之前，孤身搖盪，那些細閣曲弄如腦內迴褶，如一座僅有你自己清楚自何處開始啟動的迷宮，但你不知道怎麼抵達盡頭。

我待那些執迷於我的對象並不甚好，因為年輕，因為年輕而來的自私與魯莽，我總是一個喜新厭舊的惡孩，情人於我如玩具，每看見更光鮮更繽紛之物，便不計手段地攫取，要膩了磨損了便隨手扔棄。

眾人皆物器，那鍍彩鑲珠的塑料腔體內，沒有可供握緊質問的心。我渴望的，是一顆從天而降的巨大柔軟的肉身氣球，承覆這世上不可示眾的尖銳與卑劣。

扔掉一件不再需要的物品是這麼簡單：一個脫了眼珠的布偶、一只繡了發條的錶、一件磨穿了口袋的外套。但要將一個活生生的成人當不可回收物那樣地扔出房外，很難不沾惹些塵土，尤其當對方並不理解他對你而言已是一具巨型廢物，還以為自帶保值，事態就更麻煩些。

但人的心，這麼狹窄這麼黑暗，邪惡與憤怒使原本應藏在握在口袋裏的心思顯得可笑而單調，我輕忽了對方因不甘心而籌劃挾帶的報復之舉。若讓我們快轉些：當我投向新歡的懷抱，在新鮮的身體與房間裏歡肆笑語之同時，對方清空了我的衣櫃、書架、銀行存摺和筆電資料，不厭其煩地分頭來回跑上好幾趟（平素這人是慵懶得連電視開關都不願意起身按掉的性子哪）載去回收場，連同他的復仇一齊埋進那無名的，物的墓群。

我總是碰見某些人——他們擁抱著不知何處生出的信念，相信若要他者屈服，則必須施以暴力性的褫奪。人們恐懼比自己更堅硬冰冷的事物，像風砂在岩礁面前屈身逶行。有時候，我感覺自己的心也成為一塊冰石，愈冰酷愈憤怒，所有我見過的受過的不得不以肉身直接衝撞拮抗的暴烈，我以為自己都記得，且以為自己有將一日必可還擊。

但後來我卻漸漸地習慣了（千真萬確是一項壞習慣）此類輪迴，每回我對他人拋擲出的傷害炸彈，最終都濺撲得我滿身血花。我低估了背叛之傷，逃亡之惡，但當我領悟到這件事情時，我已經變老，變得對一切變動與突襲格外地怯懦，寧可像貪圖泥濘安適的動物般，在一場又一場的惡風怒雨來襲時，衰弱地縮在土籬笆間，苟且地等待著那些暴雷般的拳瘀刀斫過後，短暫的無晴無雨。

整整一年餘，我陷在一段注定無救的關係裏。我以為挖空自己、裝填對方的復仇，便是最低屈的贖罪。我把自己低進泥渠裏，低進虛空裏，低進尊嚴的地窖，吞嚥所有的忍忿與難以忍忿，僥倖地期待腐敗的血肉或能養出鮮花。

當然，我早應該看明白的：斷捨離纔是唯一法門。而我卻讓彼此痛苦地陷溺糾纏了這麼這麼長的時間。太豐滿的捨不得與恨不得，推推搡搡，最終僅僅博取到三天的寬限，我腳步匆促地搬離那間公寓，彼岸早已是修羅場的棲身之所。

收拾行李時，我甚麼都放棄了，僅收了幾箱衣服和書，而我擠盡體內最終一股瘋狂的意志所搶奪到的，是貓——我不惜與對方在地板上扭打翻滾地肉搏，趁汗水滑溜的空隙撲向廚房，舉起食肉性的利剪往腿肉深深刺下，同時嘶吼著同歸於盡等等瘋話。最終，對方也許怕了，或者只是累了，揮揮手便讓我帶走了貓。

我以為這是此生最終一次，為了自己無法割捨的私心而強施的豪奪。

所有的前事，都是一個個不值得再記述的壞夢。然而，當我醒來，在意識的虛造與伸手不見指掌的無光現實之間，一線與一切，結算起來，不過是幾行虛字的後見之明。

我是情感的難民，現實的餘孽物。幾箱書和衣服，母親給的被褥，一隻無憂無識玳瑁貓，我待在八坪大的套房裏，間間斷斷地昏睡過去，夢裏充滿菸味、昏蔭的晚午的光線、陌生且面色不善的鄰人。一或兩小時醒來，醒時便一隻隻地拆紙箱，摺疊綑好，送去樓下旁邊做回收的一家人門前。我去了熟悉的百貨賣場，扛著兩大袋衣架、沐浴乳、牙刷牙膏、肥皂、湯鍋與衛生紙，一級級攀上五樓，鎖門，物件一一擺置定位後，打開電視，深夜的螢幕無聲閃爍，我僅僅是需要一點光，足以使我望著貓靜臥床沿的輪廓，直到睡著，以為此後已然是餘生。

無知並不是罪，不過是通往罪的路徑。我練習不去怨懟，無所欲求，割除罣礙。但我依舊不明白事態如何地演變至此。我搞砸了許多，但即使我沒有做，未必也能如計畫般邁向幸福的椰影大道。不過，或許終究有一點點的可能性吧？

多想無用，一切已成死局，我被大量的想像力折磨，加倍地服藥卻也夜不成眠。炎夏炙髮，滿頭久沒裁理的雜草像要在烈日下灼燒起來。方圓兩公里內的髮型店，我尋到E，他快速將我的一頭狂暴調理完畢，建議找時間將髮色染齊。我聽話地去了藥妝店，揀了一支接近蒼穹中高懸火血輪的顏色染了個遍。像太陽底下一顆淌血心臟。

大概僅隔了一兩個晚上，我們隨意地約了去KTV。尚待整頓的衣櫥沒多少選擇，我拖出一件胸口印著Shakespeare頭像的白色T恤，衣緣裸出大腿和膝蓋，彷彿有幾分無知的性感。劇作家憂愁的鼻尖前懸著一行草寫的名言——To be or not to be, that is a question——他褪下工作時的口罩，坦白出一張清秀白皙如少女的臉龐。我們唱了整晚的歌，一支又一支激昂催淚的情歌，一瓶又一瓶冰透凝露的啤酒，一根又一根燒熱指節的濃菸，To be or not to be?最後，或許是Shakespeare說服了他，回到我的房間，毫無愧赧地擁抱。

E是如此與眾不同，他謹慎，務實，俊俏而不花俏，世俗而不流俗，口眼耳鼻皆新鮮得教我慌了手腳冷靜應對，反其道地一廂情願為他癡狂。我一向習慣唆教他人求全，這回竟主動坐入一把忍耐的冰椅，盡責地飾演塔裏一名癡面癡心女子。

E在的時候，他的手機總是響著，我總是轉開視線：無見證處，無罣礙故，無有貪嗔。然而，我們徹底地心照不宣，像兩面互相對視的鏡子，彼此眼中映出萬千玻璃碎片。那些他選擇留下陪我的深夜，猖狂而甜蜜的私訊者頻繁掀動他的手機提示。誰都是知情者，誰也都不願說破。

E說，再給他兩個月，他會給我一個滿意的答案。眼前，他得小心翼翼地處理女友的暴躁與疑心。他要保留餘地，以免落得感情詐欺的惡名。E巧妙地閃避一切可能的差錯，最重要的是切莫遺留罪證，最大的罪證卻莫過於我；E和女友見面那天必關手機，直到送那女的（我在E面前這樣稱呼「她」，好壓抑我暗藏的不滿與不屑）回家之後，E纔開機撥LINE問「妳在哪裏，我去找妳」，我按下通話鍵，語氣溫和嗓音輕巧，力持無為且淡定，即便我在E失聯的十多個鐘頭裏，心碎近狂，血凝了痂又裂了。

然而，某一方面，我與E的狡黠確然無甚分別——如果可以，誰不願意做愛裏的良民？因故，唯獨這回我萬分地自矜自抑，一邊是面子一邊是裏子，我貪心地都想要，一再告誡自己無論如何要冷靜。冷靜。冷靜。即便當我們正翻騰於床畔親熱之際，手機大響教人不得不接，我倚著E的肩頭，斷續聽見那女的大嚷大喊地拷東問西，緊勒般的窒息感襲上心口與胃口——那是我最接近放棄的時刻——但我仍舊等著，等E掛斷電話後因複雜交織的歉疚感和罪惡感、滿面不快沉默不語地抽菸，而我僅僅從背後安靜但清楚擁抱他。

我始終在忍耐：按捺著不翻察惱人的訊息軟體，不竊聽通話中洩漏的片段詞語——就算——就算我確切無疑置身嫉妒阿鼻，遍身被滾燙耀眼如鋪天火漿的憤怒澆灌腐蝕，感覺連僅賸的尊嚴也將銷沒殆盡——但一想及那好不容易再度獲得的愛與被愛，好不容易握進手心的溫熱的自由，好不容易從一個又一個恐怖主義般的「家」出逃的狼狽，我不想要棄守城垛，不許一切終究徒勞。

我選擇等待——不抱半點希望地為愛情愚忠。沒有期盼，便無破滅；刮除強求執念，不許比過往更傷心——但傷心卻總是難免：E不在時，我幻想他與那女的雲雨纏綿，孤身在房內抽上整晚的菸，為了捕捉一則訊息或一通來電；我幾乎發狂，因過度地寂寞而丟失了睡覺的辦法。拿完雙倍的安眠藥，我在深夜人煙零落的市井裏獨自晃蕩，無主幽魂般掙扎於極樂和極苦、恍惚和清醒之間，腳步飄飄地尋找有燈火的所在，囫圇吞下麵條湯水，又藏進暗巷嘔吐殆盡。

凡此種種，有如一本金流曖昧的帳簿，我記寫得仔細卻不願意算計。我心懷所愛，事態既已如此便隨他如此。E並非不顧情義之人，我的一切辛苦犧牲退讓吞忍，從戒酒斷藥以至捨棄清涼的細肩帶短裙，加以日常起居的細節照料，他決意與她徹底決絕，並向我起誓：從此一心向我，絕無分毫貳心。

我自此置身於無限的寵溺之中，舉手投足都獲得滿口讚賞。他邊讚美邊摩挲我滑膩膚理，要我辭去工作致志寫作。當我擺盪於躁與鬱之間，對自己感到乏味無力或嚴厲貶抑時，E總是張開雙臂擁抱我，說我是最好的那一個，足以與全宇宙匹敵。

逼近如今，我們終於共築一座小巢，巢內有窗有櫥有水有蜜，有一頭撒嬌玳瑁貓、兩缸彩燦發光的斑斕游魚、搖搖欲墜的仿木書架、填充了咖啡渣的仙人掌、沙漠玫瑰與貓小麥草，有貼滿海報明信片地圖的水泥牆面，以及一張足夠兩人併肩挨坐的書桌、一張被單皺褶間永遠沾黏貓毛的雙人掀床。

我想這大概就是家了：明亮乾淨，遮風擋雨，此即足矣。我一直不是物質上的貪婪者，並嫻熟於知足與苟安。

後來，發生的事情太快太多細項，事件輪廓雖然清晰，具體經過卻總是曖昧不明

——誰在甚麼時間說了甚麼話，誰曾經提起誰誰對誰的影響——只能大致歸類、分裝入意識的抽屜：第一抽是E輝煌的童年與荒唐的少年；第二抽是難捱的入伍服役與學徒生活；第三抽是E挫敗與甜美並存的昔日羅曼史；第四抽是E對家人一言難盡的歉疚情愫；第五抽是我們充滿柴米貓鳴的婚姻生活，第六抽……我倉促忙於製造更多的抽屜，將一切瑣碎歸類放置——我想往前走，走得永遠不必回頭，回望身後荒蕪戰火廢墟成鎖。

前事舊釁並不值得重溯爬梳，那些我私心以為早該滅絕的人與事，頻繁且滿懷惡意地侵入我空蕩的睡眠——鬧擾我、恐嚇我、責備我、獵捕我。在夢的荒原上，無路可退無處可去之下，僅能雙掌掩面抱頭大叫，或想辦法快快地攀窗而逃。但無論崩潰抑或逃亡，即使那迫人的高壓教我一身冷汗驚坐起，抽菸醒神時仍舊長長地沉浮於恍惚狀態，甚至鎮日無法擺脫夢魘的催眠。

唯有夢，唯有意識的土坷，是大批堆疊的藥片與勉強的自我建設皆無法摧毀的戰壕火光。我們耗盡一生，與虛無為讎，至死而方休。

許多時候，我對或熟識或陌生的對象微笑地坦白出生年次，次次總換來「好年輕！」的幽幽嘆語。我不明白：究竟是其他人愈來愈衰老，或者我真還未老到無可轉圜。

在我對時間的體覺中，自己距離年輕的自己很久很遠了，遠得像冰山深處凍結成霜的一頭猛獁象，久得再也不堪熬夜與烈酒的拷問。但我還揣著一兩個故事、一小抽屜的記憶、半截不知不識的人生；只是，我心知還不到說出口的時候。於是我寫字——那些最不堪最低端最笨拙最粗俗的拉扯，經歷過行文的邏輯和詞彙的揀選，可能也就接近了原諒。

也有任憑如何自我寬慰，卻怎麼樣也無法翻坎看淡的許多人事。每逢誰粗聲粗氣地重提過往或滿懷好奇地探問，我總官方性地答覆：祝他快樂幸福。但在我內心的暗角，其實無時不祈禱著那人從此潦倒窮途，乏人愛顧。我知道他們多麼軟弱，軟弱得近似殘酷。他們的名字是我的夢魘，前事若要了卻，除非前人皆殆滅死盡。

但我無計可施。

我想，最佳的遺忘之法乃是覆蓋，密集而頻繁地，故作炫耀姿態地，在社群媒體上密集發表光鮮甜美的出遊照片，愈是如此愈彷彿凸顯了某種刻意的掩埋。眾人皆知，你掘土掩埋的是哪具屍首名姓，而你心中的死者雙目未瞑、肌澤飽滿，使你錯覺過往一切雖死猶生，像百足之蟲抵抗僵亡。

任何一座葬身之塚，表面看起來總是不顯眼而無害的，唯獨每遇季節交替，那吸滿記憶血肉的土壤便累累地繁衍抽拔為菓林，一筆筆枝梢纍纍懸垂著鮮美的果實，飽含前事未了的基因。前事之果，是詛咒也是公理，食者將不可迴避地擔受輪迴報應，過程中隱喻著某種歪斜的正義。果肉內裏，臟骨具全，如罪愆累累的轉世舍利，誘引無知的渴腹者，任憑如何告誡，卻還是因飢餓難耐而輕率地摘食。

僅僅觸吭一寸，便永失超生之途。

盲柳凋落的房間

「盲柳是甚麼？」友人問。

「某一種柳樹。」她說。「沾到盲柳花粉的小蠅飛進耳朵裏，讓女人睡著。」

——〈隨盲柳入眠的女人〉，村上春樹

你知道，若是徹夜不使自己落入睡眠的陷阱，就能見證日光的雛形嗎？凌晨五時二十六分的天色，甫起始是一層細密薄軟的赤櫻桃泡沫，匿在整牆雲翳的背面，僅透露一抹白晝將臨的預感；爾後，光線敏捷地轉換形影，注入雲體的一萬枚孔洞，如細雨般極輕且靜地篩落至空氣中，隨即蒸發於無形？

凌晨六點的天光，與十四分鐘前的情態全然地迥異。輕描淡抹的粉桃與胭脂，轉眼間便大放蒼光，半剔透的白金岩漿從穹空澆瀝，淹沒每一道可竄身可逃逸的路徑：窗紗的縫孔，街衢的轉角，人行道的窄闌，冰塊相互撞擊的波紋、其內挾藏的瑣碎氣泡……

安眠是雪白、抗憂鬱是櫻花紅、抗躁是春霧藍……藥片捧在手心，初初點算約八九顆——喫了還是忘了？不大能記得清楚了。失眠者有其內省性濃厚的獨身主義，房內萬物俱眠去，唯我與黑暗獨醒，直抵黎明到臨。一個清醒而完整的黑夜，是一場至福的拷問，嚴厲地檢驗著肩頸和臂腰的肌肉承耐度，連被豐厚肉體包覆住的骨頭也痠疼無依，那疼因孤獨的喜悅而直直搗進身體裏，成為失眠者內裏一顆頑固的核，所有精妙的手術欲剖而取之，亦無計可施。

早晨七時零九分，貓彷彿該睏了，倚在棉麻料子的被毯上，依傍著柔軟的皺褶起伏同樣柔軟的腹部；戀人在枕榻上輕微地擰響著鼻息，規律浮動的鼾聲泳進耳朵，胸口湧上一股奇異的安定，如同生活自身所具備的無可搖撼的強大，那是現實世界的強悍，晝夜不分地同時征服並寬慰著我們的肉體與心。

熬一個夜，像煲一碗湯，得細細地慢慢地守在火源旁，從蒸氣的濕潤和成分，判定湯與火的交融擁滾，是否已抵達熟潤的和諧。熟透的夜流溢著甜美的微光，那柔弱的光來自窗外不透徹的街燈、房間裏的青藍月球夜燈、手機螢幕的細瑣訊息通知，映照著我蒼白疲憊的眼球。瞳孔微妙地因應著光的聚攏潑散而縮放，幾不可辨的異動在體內發生，然而，那亦是精神性的搖晃。

房內飄揚著盲柳的花粉，細小的粉末溶解於Rachmaninoff的琴域裏。胃液吸收的藥性開始高揚，高得跨越了十九和二十世紀。我將自己取代村上春樹小說裏、那名夜復一夜和盲柳同眠的女人，我想像那並非螫刺的蜂，而是殼紋舒緩如貝類的、無害的金龜蟲，溫和地嚙咬我的腎經、子宮、太陽穴。

戀人挪了挪身子，肩腰向右扭轉四十度後，又復奏起提琴般的小鼾。我跪在床畔，臉趨近他的臉仔細凝視，從光潔無瑕的前額、山根，微微顫動的密而長的睫毛、薄透如魚鱗的嘴唇，確認他並未醒來，悄悄地吁了一口氣，又回到桌前敲打鍵盤。

時間開始像田徑手一般迅捷地飛跑起來，很快地，陽光普照，肆無忌憚地從玻璃窗片步步侵攻入室內。我看見盲柳開始凋落，空氣中每一處皆浮游著不可見的枯碎，不需多久，虛弱柳葉便會如緩慢的漲潮，一片皆一片地萎落於地面。待貓醒來，豐嫩的毛掌將踩過遍地死去的盲柳，死僅僅是死本身，疼痛亦拮据且無聲。

我趿進一下便穿舊了的紅木屐，低頭端詳光裸的雙腳，晨光清亮堅硬，如剛曬徹的海鹽，將豔紅蔻丹之間數道未能完整密合的空隙微妙地注滿。我數到九，準備出門，手伸進包包再揀撈一次：手機，鑰匙，皮夾，香菸。

我正要去街上，我已經在街上。街上有光，人聲鼎沸，我朝市場走去，青翠欲滴的帶根蔬葉、渾圓殷紅如烈焰的番石榴和紅椒、金蜜流淌直抵鼻腔的鳳梨和榴槤、通體灰綠發亮的九孔和活蝦，一下子警醒了我方纔沉浸於夜闇的感官。我趿過洋溢活蹦亂跳血肉之軀的潮濕衢道，事物的複雜與具體將我昏昧的意識拉拔回現世道。無邪的物質。泛靈的啟示。

稍後我便將離街，當我回去時，戀人與貓依舊在盲柳枯亡的房裹安憩。貓不動戀人亦不動，是統御棉絮麻織一方嶺地的兩座明王。而此刻，我把裝滿食物米水的紅白條紋塑料袋轉移到手肘，將鑰匙的尖端插進鎖孔，轉動金屬齒輪之際，我想著世上依舊存在著不容許被攪亂的靜謐，想著烤箱裏抹了果醬的猶溫的吐司，想著貓步踏越的晝夜的神祕界線，想著時光之間的中陰地段，在彼處，盲柳於夜的肺部靜默地吐息，傳遞使人熟睡的粉末，隨後與黎明同時凋亡。

夢中人

端詳戀人的睡顏，已變成我身為夜行動物的癖好。白皙的臉頰泛盪著呼吸的潮紅，那紅染進雙頰和額鼻、以及每一枚微小凹陷的孔痕。線條優雅的肩膀和背脊輕悄地掀動，像不動聲色的櫻光，兀自抬額觀望，復攏低頸項、將身軀蜷進黑恬的涼褥。

睡著的戀人是一尾寧靜鳥，不喋不嘈，不重複粗心的口誤和質地粗礪的語彙——那不是他的錯，我當初甚至因此而愛他，因他理直氣壯地擊破了我困囚半生的精美的語言水晶宮殿——他從最細小最基本的現實裏踺踺現身，如一匹充滿野性的精實小馬，舉蹄踏碎我所有自造的苦水滿溢的自溺缸殼。

每每是凌晨，多夢與淺眠使我反覆地一兩個鐘頭便醒來，恍惚地起身蹲踞馬桶，甚至就靠著床畔的書桌，一隻接一隻地吞著菸，意識迷離地漂游於清醒和昏寐的一座又一座島之海域。

人皆孤島，Everyone is an island。這句話我曾對戀人說過，當時我們併肩望著窗外煙灰色的巷夜，捻熄火燼微弱的菸頭，此時我說，並仰開眼睫凝望他清秀的側臉，煙霧裊裊環繞他的鼻唇周畔，像一場極短的仲夏的晚霧。戀人對我的陳述表示反對，他覺得兩個人如果真心相愛，彼此就能是一座四季常夏的玫瑰園。經常，我並不真正曉得，自己謹慎且精心調配過的詞彙，暗示，憂傷，戀人究竟能理解多少？然而這真的重要嗎？我原本就想逃離那座人人開口便是文學瑣事作家八卦創作盛事的囚籠，在那之中，我是一頭軟弱而寂寞的獸，飢餓著柵欄之外那屬於真實世界的——油煙，陣雨，陰雲，疼痛，曝曬——我渴望著顏色與氣味，衝撞與災難，敗壞與和諧，譬如：透明塑膠盒裏切面斕金的榴槤；清晨市場兩旁嬌聲喚賣假玉偽珠的女子；靜靜地將乏人問津的手烤餅乾排列整齊的少年；身手矯捷如俠客的販瓜人不間斷地刀起蒂落；肉販熟諳地掄著大刀剃骨剝皮，圍裙被獸之血肉染成晚霞般的薔薇粉……當工作已教我從視字如金箔逐漸墮落為以字為煉獄，我從城市繁複善變的微血管的迷宮中脫身，喘氣，點上一隻菸將消極的抗議吐向黃昏的虛空。

設計機巧的語言四布陷阱，緊緊咬縛我的心智、搜刮我的肉身。我是一片匍匐於龜裂河道的瘦苔，枯待著降世的暴雨，讓赤貧的毛細孔徹底接納遺忘的受洗，藉此短暫地握住真實的汗滴，那溫熱無須言語，當下即證真理。

遇見戀人時，我感覺自己身不由己地墜入祕教的深河，眾物之深淵——每晚，我為他調試水溫、持握肥皂摩擦出奶油般泡沫、逐吋擦摩方寸之間雪肌黑髮。擦乾身軀水珠、草草抹過濕髮後的戀人，像一頭歡快的幼犬跳進鬆舊的短褲，自得地滾上方甫撫整過的水青色床單。我靠近他，他半闔眼瞼著將我攬進臂懷，纖長的睫毛如承受水露的花瓣柔軟顫動。我像展開一張美麗的異國的地圖般展開E，指認那寬闊靜謐的恆河（和緩堅實的肩臂線條）、微微聳起的撒哈拉丘陵（海市蜃樓般精美誘人的胸膛）、神祕濕潤的黝黑雨林（胯谷間隱身待勃騰的沉默的獸）、古老金字塔的咒術入口（那毛絨柔軟的櫻花色幽門）……

逐夜，我展讀戀人肉身上的城垛、丘陵、衛河、肌表上無形色的絨毛暗喻著蜒曲的國界，繁嫩似異國嬰兒語的蕾蒂在親吻下綻放……E的肉身是我的巴別之塔，我攀爬他、闡釋他、要索他、翻轉他，從他栗色雙目深處，逼視那狂熾嬌豔的華光之核。

然而，真正教我傾心以待者，是戀人以美好肉體勤懇揮汗的勞動風景。日復一日，每日八個鐘頭，在那光照微弱的地下室的小剪髮間，E手持各式各樣光磨刃器，劃除上百顆頭顱頂端的雜草野蔓，手起髮落的伶俐優雅，那身態彷若年少貌美的Arhat，要以無上銳利法器斷盡三界煩惱絲，滅惑渡眾，捨涅槃而不入。

真實——這虛惑耍弄我心的我所困頓欲望渴求追問的一切，在E的世界裏，我終於獲得了無須語言的解答——他獨力以雙手創世，此般風景入世近乎神聖，如同證成了某種諦，蛻除長久困纏我心的一切繁苦。金秋午後，我獨身赴鎖店打了一把鑰匙，幼稚地鏈上娃娃機裏撈來的一頭布製小鹿，汗涔涔地遞入戀人的掌心。我說：這是我的心，現在我將心交給你。

他收下了我的心。我們喘咻似火地索問著彼此的唇澤。我恍若潛入至福的水底，歡愉地掏出心肺臟腑，不計後果地盡數交付出去。面對我慷慨沉甸如鐵牢金鎖的愛，E依順地入籠為囚，時光在夜夜重複的擁抱和言諾之間快速地流過，流至一個如深湖冰寒的冬日早晨，滿天空的雨是一頭性急的孔雀，疾猛地欲擺落所有水晶羽尾，將冰色的毛水潑向行路人的臉額肩頭。E和我裹著厚重的毛呢大衣，在區公所紙製的桃紅色愛心立牌前領了一份誓約，怯生生地簽了名，拿出數位相機合照，再一度親吻，彷似就此簡單地完成了一生。

多產而細節肥沃的夢這輩子總是困擾著我。自三四歲有記憶以來，我便不斷地不斷地置身於夢。險峻的噩夢有時使我似足陷流沙，有時則不耐煩地將我從那虛離的底層推向現實的表面。

服藥後的凌晨，我一次又一次地醒來，從各類或離奇或悲楚的夢中掙扎坐起，轉臉便望見戀人熟睡如幼鸚的臉，我總是點燃一隻菸，邊吞吐霧裊邊仔細端詳E的睡顏：微擰的白皙眉心、櫻瓣般的薄唇、高聳筆直的鼻梁、纖長的睫毛輕悄顫動，洩漏著步經黑甜之鄉的細碎顛簸——他約莫也正辛勤地在我無從知曉的廣袤的夢域上徒步跋涉吧？像他每天每晚絲毫不懈怠地旋著勞動的舞步那樣吧？——我端詳著他的側臉，暗自揣摩。

戀人常睡眼惺忪地對我喃喃，說他又夢見了我。在他的夢裏，我總扮演著無心無情的背叛者；在陌途的火車上，在嘈雜的餐廳裏，在各類水淹雷劈的天難之中，他或緊拽著我拚命地逃生，或眼看我與不認識的男子調情媚笑，或聽我轉述我如何在車廂的廁所間被男人蠱惑而失身。他總是倉皇而盛怒地，四處尋找那侵犯他妻的讎敵，或手足無措地獃望著我坐進陌生男子的車輛頭也不回地離開。

我帶給戀人無數滿溢恐懼與絕望的噩夢，我是他的Lilith，是他伸長手臂用盡力氣而無能觸及的女夢魔。而我無從解釋的是：縱使在晝日共處，戀人卻絕少在我的夢中現身——我的夢中人不是我的枕邊人，這教我困惑而湧昇巨大的罪惡感——我夢見曾是同事的D向我求愛，而我在夢中噙著心和眼淚拒絕了D；我夢見曾糾結苦楚多年的T再度前來，威脅我、暴打我、惡罵我，我卻仍困在T的情緒牢籠裏，夢中甚至並不存在著戀人；我夢見Z，那個我曾為之神迷心醉的港城少年，我們匆匆擦身，一秒半鐘內我無限延長地凝視他無波紋無情意的紅潤側顏，如空心的薔薇綻放在陰暗的夜街。

我夢見自己變形重回年輕時那個粗糙而懦弱的女孩；我夢見自己一刀一刀刺進陌生男子的動脈；我夢見不存在的年幼的妹妹聲聲哭喚姊姊救我；我夢見自己從淹上膝腿的大水中緊抱一籠子骨瘦如柴的小貓；我夢見顏狀繽紛如水晶琉璃的魚群；我夢見大雪的小鎮亮著書店的夜燈；我夢見寫著陌生文字的站牌從火車窗前快速地劃過；我夢見死，血，耳語，日常的無盡切割與延長，瘋癲失序的時光碎片。

縱使我如此眷戀著戀人，面對沉默且狡猾的潛意識亦無力回天。少數幾次，戀人珍稀地出現在我夢中，美貌寡言一如往常。夢裏，我們在素常睡慣了的床榻上緊密地貼合，激情而赤裸地相擁與交合——夢中我想要他，想得喉嚨乾渴頭腦發熱，即使在夢裏E深切地進入我，而軀殼內的我是沙漠，無論吸吮多少熱汗或眼淚，依舊一片虛無風景。

肉體難免破敗：衰頹色弛，弱老病死。我們所切膚愛惜的戀人的美麗肉身，終歸是時間的玩笑一場。而愛情豈能逃過此劫？頻繁惱人的睡眠中斷，教我心緒焦慮、肌骨疼苦；我是睡夢的棄子、黎明之前的守墓員。我搖晃著意識與深夢的鐵柵欄，從闇黑石壁般的窄隙勉強脫身。周身筋骨像一條重複擰擦的破布，直至榨盡最後一滴、潰敗的意志。

翻來覆去兩三鐘頭後，最後我向失眠舉起白幟，屈身降敵。天色將白的清晨六點鐘，戀人正神色安甜地輕微鼾著鼻息，線條凹凸的眼窩鼻梁，如礦石深處的青嫩玉脈，隱隱地向我指出某條無可歧異的安全的祕徑。

我緊握著他醒來準備上班前的短短數個鐘頭，半恍惚半拚命地寫。有時嘔心構篇，思索著句與字之間的邏輯、線索、關聯、系統。但更多時候，任憑語言飄蕩在十指滑行的雪地之上，那股白的無瑕的嶄新世界正向我開啟，我貪婪地憑依放蕩的思路，建造一座又一座殘肢四散的Babel：紙摺的地基、墨水塗裝的飾邊、筆畫織就的高塔、包裹著我的身體的溫暖的布的織理。

我以為，假設我能敢於挖掘己身之瘡、剖心自答，便能窺見那較我現今擁有的、更深刻更豐滿更教人傾心不移的——永恆的真實。

然而，夢的殘餘常在意想不到的時刻，粗暴地伸長枯臂，鎖窒我原應如清風流琴的思緒：思想，語言。語言，思想。我以骨肌為柴，點燃情感的強光，使遍體傷灼火燙，教瞽者再度目盲。

我愈來愈頻繁地胡思亂想：從偶然閃現腦海的猜想，逐漸趨向為某個壯大的結論（即便我亦將那論點暫且擱置於虛空）。面對戀人的索求、寵愛、怒意與怨言，我不得不低聲下氣求取和平，低如塵埃裏飄散的貓毛，卑微而謹慎——畢竟當初是我先追求他，但他加倍地回報我以溫柔的寵愛，堅篤地餽贈我幾乎無法再想及的許諾：公證儀式。嵌著赫基蒙水晶的手工鍛銀戒指。晚春四月，我們踩著新爍爍的皮鞋，迢迢地踏進泥河邊某廢墟，在小蟹與無人的廢舟的凝視下，攝下乳與蜜的身影。

戀人向我求婚的那夜，我伏在他溫熱的胸膛上，竊聽如琴鍵穩定吟唱的心臟的搏動——是再尋常不過的一個週末的晚上，我們照常地進飯、談天、沐浴後倒在涼軟的床鋪上小憩。他突然對我說，他覺得我很好，好得讓他想娶我為妻。我稍微獃怔了幾秒，他說我們結婚吧好不好？我本能地動用比喻：婚姻行路難，難如阿鼻地獄，我經歷過一個煉獄，我不需要第二個。

然而，我滿心恐懼可能再度搬演的噩夢戲碼，戀人並沒有給我。他僅務實而坦誠地給予他曾應許的生活：簡單健康，平安無憂。因故，當城市間庸碌諸眾正引頸盼打卡下班的週間黃昏，我得以安坐咖啡廳或我們小小的家中，心無旁騖地寫著字。也許這一切便是一場大夢。置身兩個純金熔岩冶煉的仲夏之間的日常之幻夢。

至少現在，我還享用著戀人單手為我織造的甜美夢繭，也許我還可以一直夢著，直到春天來臨，在另一個夢裏親眼見證並向他一一指認：看——有人褪下蟬衣，棄世絕塵而去；有人破繭成蝶，一展翼便撩動一株闇夜白曇。

Izakaya Surfing

凌晨四點鐘，我坐在闇黑街區的某處打字，某處有椅子而無網路的地方，音樂播放著我聽不懂的異國語。在家無光，亦無睡意，為了不打擾眠者也不干擾自己，我搬著筆電上街尋覓一個還擎著燈光的角落。

如果此時身在居酒屋的話該多好，空無一人的Izakaya，僅有烤架上炭燒油燎的滋嚓聲，清酒杯裏冰塊與瓷質碰撞的叮噹聲。廚師總該是沉默的，況且是凌晨四點鐘，況且是臺北。

我曾隔著一杯冰透帶露的梅酒問他——我還美麗嗎?他堅毅地點頭,那是在我們第一間造訪的居酒屋,在熙攘狂歡的臺北市,我依舊陋習般地點了滿桌的菜:涼拌,串烤,烏龍麵,味噌魚湯,還有一杯要價不菲的梅酒。梅酒與清酒是我的心頭好,前者甜釀如蜜,後者甘辛似椒,且必定要是冰的,我總向店家要一整桶的冰塊,一隻接一隻晶瑩冰涼地浸入杯面,像在曠蕪的大雪之地撬掘到的晶礦,入腹即成道行。

後來,在租賃的小屋附近發現比都心更便宜更飽腹的居酒屋,H街轉過B路一帶,尤其是兵家必爭之地,小小百公尺內至少五六家居酒屋和深夜食堂擠著肩膀互不相讓。我們一家接一家地試,一杯接一杯地飲,一串接一串地食。一開始常常去特定某家魚生新鮮厚潤的店,直到我在那店裏喝了整盅芋燒酎而搭在店門外捧喉吐酒不止——並不是店的錯,是我的錯,但竟感覺幾分心虛乃至不大敢再踏門而入,好像丟了臉一樣——都是要中年的人了,連一盅燒酎都經不起?

再後來,曾密集地去一家懸著「一生懸命」布幅的店,碩大的和風燈籠上烙著手寫毛筆字「飲んで飲んで」,店內師傅直至店員女孩,除卻老闆本人之外皆滿臂半腿的刺青,我曾在這店飲過無數杯梅酒與柚子生啤,剝食過無數根帶鬚烤玉米筍和竹筴魚一夜干，寬帶解釦地大嚼許多烤飯糰與燒鮭魚丼飯，原本為了小菜而次次臉書打卡，後來喫得熟門熟面，不打卡也有百香醃蘿蔔和韓國泡菜上桌。店是附近所知最晚打烊的，某晚，夏夜停電，屋內悶得可以燉粥，我們開了窗，將貓留在家裏，逕自去店裏各點了一杯可樂與一杯生啤酒，配上兩大杯冰塊，對坐著一口一口啜到凌晨三點，回家後電還沒來，本來看見的挖路修管線的公務員們也收工走人，只得投宿他母親家，細聲細氣地道聲打擾了隨即衝進房內按開冷氣，快快意意地睡了一宿。

中午回家，電來了，迅即地開了冷氣和電扇，貓抗議地喵喵嗚嗚。我磨蹭她的鼻頭低低地道歉，貓親了我一口，原諒了這對無情無義的人類。

即使找到了相熟的可落腳的居酒屋，還是想再試新嘗鮮。於是去了夜市旁一家無名無姓的小店，端上來的清酒沁心甘爽，豪邁地附贈一整桶冰塊，做為招牌菜的醬油炒飯亦驚人地美味爽口。我們喫了炒飯，烤茭白筍，烤鯖魚烤秋刀魚和一大碗蛤蠣湯。我常覺得自己前世為貓，凡豬牛雞之類肉品都不甚愛，唯獨對魚蝦蟹蛤情有獨鍾，而那鯖魚的細嫩肥美，以及秋刀魚特有的微苦輕熟，地震般動搖了我對前一家居酒屋的忠誠之心，而那湯水清甜蛤肉飽滿不在話下，好喝到即便擱了薑絲也毋須計較，老闆慷慨地拿出菸灰缸，分別給我們配清酒與可樂，是故，這家無所謂稱謂的迷你居酒屋頓成榜首，想喝酒時總是去點上一盅，不食烤魚也無所謂。

你好新歡，再見了舊愛。一趟居酒屋衝浪，旅程最終結尾於一家最不起眼無裝潢的小酒屋。Izakaya Surfing猶似一場衝動的高燒，划過了眾多浪頭而歸於風平浪靜。僅僅一盅明澈的Sake，便能救贖一個疲憊的長日。

夜還長，她還美麗吧——他這麼想。

不存在的小孩

算不清第幾次凌晨出街遊蕩。在家很好，好得教人煩煩地不安。我愛的人在床榻上沉沉地熟睡。我寵的貓半瞇碧眼地看顧著我、防備著我隨時離開。

但我終究是要離開的。短暫的。僅僅兩三個小時。我不能忍受便利商店那太過明媚的燈光，亮得像要把人照澈肌骨，渾身透明。也無法忍受店內大聲嚷嚷的醉漢和老人，他們是凌晨這面清透蟬翼之紙上的巨大的污漬，我無能也無權抹去，我只能逃。

一條街的逃亡，能逃得多遠多久？我揹著筆電、握著咖啡，去了離家百來公尺的釣娃娃店家，店內有菸灰缸，有無人光顧的格鬥機臺。我月事甫臨，夾溜著雙腿像夾著尾巴的街犬，深恐祕密洩漏，即使那祕密無人探聽。

我被靜默的物質圍繞，我防備著它們，同時接納一切：音響播放的過時流行音樂、清晨補貨的娃娃臺主、偶然晃進投下硬幣的過路人……在我思想與抽菸的時候，我不由得地感覺著，巨大而悲緩的寂寞，但我絕不能僅僅出於寂寞而衍生任何我無法承擔之物，包括小孩。

每一次的月事來臨，都昭告著一回莫大的僥倖。我披散一頭大捲大浪的亂髮，冷靜地往體腔深處塞入棉條。我很早以前便習慣了棉條，十秒鐘內便能完成整個程序：從撕開膠裝到精準置入。比起衛生棉號稱的防漏萬全，真正進入體內者，纔能真正收納我濕潤的餘漬。

存在我體內的，還有E。名正言順地，我們做愛，然後相愛，然後頻繁地做愛再做愛。戀愛時我的肉體新鮮，肌膚彈滑，而婚後，E對我的身體便有了母性的想像。我的身體不再是一具他單純流連的女體，而是被冀望了孕育與生產之種種可能性的母體。

為此我們討論或爭論過多次，E的家庭想像相當牢固，如一組鋼鐵鍛造的雕塑，雕像成員中有身為丈夫的他，身為妻子的我，以及我們之間那並不存在的小孩。我無法理解這樣不可搖撼的立體想像從何而來？以及為何而生？E也說不清楚，他只說，有了小孩，纔是一個完整的家。

關於有無小孩的不可共量，我感到分外的寂寞與憤怒。我一直以為自己生來並不是做為母親而存在的，我的時間與力氣只允許被切割給那些值得給的與不得不的。例如盡一名妻的責任，灑掃清洗家中一切物事，做菜餵貓，擦地洗碗，洗衣晾曬，按季節體感更換床褥衣物。以及我倚賴文字維生的、爭取來的少少幾件工作。寫作與油畫，我則擺在夜晝交際、天光曖昧時靜默地進行，確認伴侶已落入安好眠夢之後，我或畫或寫。畫是不能不待在室內做的，我挨著洗衣機旁的小陽臺，四肢蹲跪著調料上色，然後趕在凌晨天光普照前，去街上覓一可抽菸可飲咖啡的無人的所在，寫至精疲力盡、腦筋枯竭如乾木朽枝。

日常、創作與工作，占據了我的全部，我甚而捨棄睡眠，將時針顛倒、時數砍半地，只為了寫更多一點、更多一點字。我完全沒有打算，也不敢想像自己能有多出的餘裕，去要一個小孩——更深切地說，我完全沒有準備，去愛一個從我體內分離出來的個體，並且養育他健康無病，教育他成為一個世眾定義的、普通的好人。

人為何之所以能成為人？因為擁有語言的利器？因為模仿與學習的本能？我想了很久很久，僅僅粗淺的初步認定：人，若要成為一個人，必須要有生而為人的自覺，這樣的自覺包括了生而在世必將面對的萬千悲喜，病苦嗔貪，聚歡離苦。

人先自甘受苦，而後能做好人——但好人的定義又在何限？我愈想愈焦灼，愈來愈不想要這個虛構的孩子。但在E眼裏，一切我前思後想複雜難解的謎團都輕易可解套，像剖開肉團便蹦出一個哪吒。他說我懷孕之後也會是美麗的，充滿光澤與豔色，像現在一樣——雖然這話並不能踏實地教我相信，我相信自己一定會無止境地變形發胖醜陋如蓬頭老嫗，但聽著還是很窩心。

每回月事來時，我都暗暗地鬆下一大口憋著的濁氣。我怕小孩，別人家的小孩尤其怕——那些小小身體放肆流淌的汗水、要不到所欲之物而迸發的震耳尖叫、互相追逐時散發的野獸般的氣味……都教我渾身戰慄而本能地躲得遠遠——當然，也有可愛透澈如水晶娃娃的孩子，幾乎全是小女嬰，圓滾滾的，肌膚白裏透粉，如櫻樹初雪，乖巧地依偎在母親懷裏，睜著一雙不知疾苦的大眼睛，世界在那雙墨瞳裏閃閃發光，像枝梢初凝的最乾淨的霜珠。

由於E經營店面的緣故，我不得不在店裏經常地見到許多孩子，有的已趨近少年，懂事地自己單身赴剪，其他大多是父母領著哄著，偶爾會見到如兄弟般的父子，胖老爸帶著一雙胖男孩，男孩天真地回答E的玩笑問話：有沒有女朋友？喜歡哪一型的女生？男孩總是嘟著圓潤的嘴認真地細細解釋。那樣的時刻，我竟能感覺普世上的孩子或許是可愛的。但這股善心思，畢竟亦僅止於那短短的數分鐘。

漸漸地，我逼迫自己對小孩減低懼怕甚而厭惡之心，但無論如何無法喜歡，就是沒辦法具體給出「要一個小孩」的念想——我不是生來做一名好母親的料子，我是叛道的逆女，把自己寵成乖張的神經質，鎮日菸不離手，焦慮的死結未曾消解，一天得喫十幾粒抗躁藥抗鬱藥安眠藥，加上五六顆慢性瀉藥；罹患心因性厭食症足足十五年，導致牙搖齒落，直至今年春天纔跟母親取了一筆治牙基金，將牙整頓至堪用；但胃傷已久，除了極清淡的粥湯，幾乎不能消化其他食物；由於創作焦慮反覆發作，幾乎夜夜不寐至午後方昏迷般睡至夜晚。

這樣的身體，這樣的心神，我不知該怎麼想像自己得承擔懷胎期間，不菸不酒不服藥不熬夜等等、所謂健康而正常的整整十個月。

這是我的自私，但我也思考更務實的細節：養一個小孩，需要多深的口袋？E的穩定店收，加上我僥倖獲得的補助與工作，確實綽綽於維持兩人生活，但一個小孩就是一頭喫錢喫時間的餓虎猛獅，而我是任性地將餘錢虛擲在水晶，檀香，古著洋裝和老件首飾上的，每個月任意地買書，買了就供著也懶於讀。聽過許多做母親的朋友提過或寫過，小孩如何大口大口地喫掉她們的創作，睡眠，存款和心思。而我是只想與E與貓過一輩子安穩生活的偷巧之人，養孩子不比養貓，貓知足，安靜且自得。小孩是洪水猛獸，是無底黑洞，我想起來就怕，怕得臟腑發抖、胃部扭擠成麻花。

某次，E剛好放假，我們去了基隆，住很高很高的自助旅店。放下行李，有些睏倦地躺在寬大的雙人床上小憩時，我連自己也沒想到地遞出一句：我不想要小孩。E頓時變了臉色，倏地坐起身，看著我嚴厲地問：為甚麼我想要的，妳不給我？為甚麼妳總是給我我不需要的？

我很傷心，不是一般的傷心，我知道我也傷了對方的心。我半哄半欺瞞地解釋：我的身心情況，真的不適合要小孩，我一定會有非常嚴厲的產前焦慮和產後憂鬱，那是我無法想像更無法承擔的。他詰問：那之後呢？一輩子呢？有了小孩，我們纔是完整的家。妳為甚麼連一個家都不給我？

我不知道該如何向他說明——我連自己都無法照料，瘋起來關在浴室握著刀割手割腳，滿心滿念都想著再努力一點、就可以一把割斷喉嚨，這樣的暴忿自恨，像獸也像魔，我服藥、薰香，將心神轉移到養魚和弄石上，瘋也似的寫作，更瘋更滿時便畫畫——但這樣骨髓裏深流著暴戾與癲狂汁液的女人，我如何肯定自己可以無償地愛另一個未人之人？一個我無法控制也無法決定的個體？一個分食我肉吸吮我血所賴以寄生成形的異物之物？

為了撫平E的沮喪與暴怒，我只好許諾：倘若懷孕，我不會拿掉——但在那之前，要盡量地做好避孕。E接受了這個條件，幾根菸讓他冷靜下來。我看著當初深愛的這個男人，那時他只要我，我就是他的家。甚麼時候他的一切走得那麼遠，遠到我無能企及的所在？

時抵傍晚，我迫自己溫柔地笑著拉他出去走走，不遠處有知名的廢墟，夕陽如流金，灑在剛褪去激忿的暫且的和平表面。我踩著斷殘的鋼筋，往高處攀爬，往更高處延伸。我喜歡高度，那讓我有某種君臨紅塵的徹骨的倨傲之感。E在背後連連呼喚我，我回頭笑笑，坐在三層樓高的殘牆邊沿，要他幫我拍一張照，我笑得美而魔魅，在縱身躍下之前。

家在便利超商旁

不知道甚麼原因，每一回搬完了家，眼看箱子運進房內堆成了高低凹凸的丘陵地，首要將貓籠放開，先讓貓四處探險一番，然後打算出門買些菸跟冰飲解渴時，一下樓，左右環顧，總會看見一間恰恰座落於視線範圍之內的便利超商。也許是7-11，也許是全家，也許是相較下罕見些的Hi-Life或OK，但總之必定會有那麼一家，窗明几淨，電動玻璃門招呼著清脆的鈴笑，請君入店。想到被收箱與封箱折騰得格外薄弱的體力和意志力，也就盲魂般地隨著細細一條人流，擁抱那制式化得分外親切的歡迎光臨。

住處附近有一或甚至兩家便利超商，確實非常便利。我和離家最近的那間超商通常很快便熟門熟面了，大抵因為一天光顧三次或更多的緣故吧？從店長到工讀生，包括早班、午班、晚班、大夜班的店員人馬，閉上眼睛都能在腦子裏一一點計：店長是一名年紀稍長我幾歲的女孩子，一個精明的大姊姊，年紀大概長我十來歲，有時她讀小學的女兒會到店裏等她下班，母女倆那副疏淡的鼻眼幾乎一模一樣，我常在排隊或等待咖啡機作動時，富著近乎某種人類學研究的興趣看著那小女孩，揣摩她長大以後哪裏會與母親相同或不同？值大夜班的是一個蒼白削瘦的眼鏡少年，早班輪到剪著胖虎髮型的胖墩墩的男生，以及另一名年約六十、說話疾如狂風、誰都知道他手腳性子皆急爆的老人；午班到晚班店員是三名男女輪流值班，那女生對人從不輕言笑，總是一臉嚴肅地結帳收銀整貨，只見過她對同事露出笑容打打跳跳，但面熟了之後，她也開始熟悉我的某些模式，譬如：咖啡絕對要冰的、美式或拿鐵皆不要糖不要奶精，諸如此類的小事。

之所以和超商店員那麼輕易地便混熟，也是畢竟每天去上兩三回，即便客群數多如過江鯽，但還是被暗暗地記得了——我下標的網拍總指名送去這家店（因為實在太願意圖方便了）、我領貨的手機後三碼是八一三——以及，我會在收據上簽一個大而潦草的「崔」字，漸漸地店裏也都知道了我熱愛網路購物這件事，店員甚至反射性地見到我的臉便流利背誦出我的手機號碼，同時迅雷般地伸手替我按下螢幕上閃爍的「確認」選項，好讓點數順利入帳，即使我從未將那已積到萬字頭的點數提領或兌換過。

大概是三四年前，還住在A路旁高架橋下的公寓五樓，方圓兩百公尺內無7-11——這也是一件挺稀奇的事，約莫是這一帶特別荒涼，沒有拓點進駐的價值吧？所以，為了買菸或領網拍或其他有的沒的，我每日皆需走上十分鐘的路，前去最鄰近的一間全家便利商店，一天平均會去一兩次到四五次不等，店員不過兩位，還是父子，店長是父而店員是子；去的次數多了，那年紀足以做我父親的店長，開始在照面時戲戲地問：甚麼時候可以約妳出去？而性情開朗的胖兒子在旁顧櫃檯收銀，事不關己地朝這邊嘻嘻笑來。每一次我都拙劣地打哈哈說笑話然後溜走。而有一回，我獨自一人蹲在他們店門外階梯上抽菸，菸想必滋味是很差勁的，和我當時的情緒一樣粗糙澀嘴。店長大叔一見我來，立即滑步現身我面前，笑盈盈地說：我真的很缺女朋友欸，妳的話我可以喔！我不知哪來的一股火，直覺地頂撞回去：可是，是你的話，我不可以啊！

店長大叔摸摸鼻子，照樣笑瞇瞇地轉身走了，讓我繼續孤獨地沉浸在壞情緒的泥淖裏。過了不久（也許是半小時或僅僅五分鐘），我突然驚醒似地湧上一些些後悔——那樣的搭話方式，是不是他這樣的人唯一懂得的表達善意的方式？我是不是反應過度了？其實，我只是不想壞了自己的優雅瀟灑，他人的自尊心我是顧不著的。我想：管他的呢，總之隔天我還是老樣子地去店裏領網拍包裹買香菸咖啡，也沒人特別說甚麼。

我大概太多心了。

對於便利超商的店員，我其實滿懷著敬佩之意，除了收銀的本職，他們身兼咖啡師、會計師、電信人員、影印機技工、業務員和廣告人，還得不時盡責地充當倉儲與清潔工。隨著業務項目猛虎似地暴增，店員的時薪似乎也多了一點點，但也就是一點點。所以，只要對方不是懷著惡意，或手腳故意拖延懶散，我對認識或不認識的店員們往往是好聲好氣地：麻煩妳。謝謝你。請。慢慢來。不好意思。我甚至曾脫口而出「有勞了」這樣的詞彙，而對方似乎有些困惑，我想許多年輕女孩並不知道「有勞了」是甚麼意思。

我現在住處的樓下左轉十公尺處，便有一家堪稱齊全乾淨的7-11。剛搬來時，那年約六十的店員總是在店裏大叫大嚷，看得出相當地急性子，接算零錢時總會掉一兩枚，再暴躁地彎腰找錢；做咖啡時經常碰翻紙杯——幸好那還是空的。我曾被這位阿伯的煩躁感染而不由自主地皺起眉、指尖敲著桌面、冷著臉拿了咖啡便走，一個謝字不說。但幾個月過去，竟也同情起他那莫大的焦慮，想必是揹著相當沉的現實的擔子吧？想必一步也不願出錯地扛著這份勞動價值極低的工作吧？故開始輕聲細語地勸他：慢慢來，我不趕。過了一陣子，我慣例般地趁先生醒來前，下樓去店裏添購咖啡香菸，他竟開口向我喊道：「崔大小姐早！」我驚得往旁退了一小步。

「崔大小姐」這個頭銜沒能戴住多久，過了一個月吧，我見他帶了一個朋友進店裏，我感到奇異的反常，因那朋友絕不是會讓客人增加安心度的類型，渾身刺青與酒氣，手裏揮舞著半空的酒瓶嚷著些大話。隔天，他便不見了。

之後，其他店員都安安靜靜地稱我「崔小姐」，聽起來正常得多，卻竟又覺得有一點點寂寞。

下個夏天來臨時，原本的胖男生和急躁老人的組合被刪除、重組，胖男生改值午班，身邊搭檔換成那不苟言笑的馬尾女孩，像遊戲裏的角色安安靜靜地接受了Delete和Reset，指令下達，新局重啟。某個早晨，我一如往常般熬夜整晚昏昏欲睡，幽魂般晃進店門，發現櫃檯後站著兩名面容稚嫩高高瘦瘦的工讀生，其中一位頂著張牙舞爪的紅棕色的日系長捲髮，另一位則是清爽的韓風短髮。年紀看起來都很輕，都很菜，但都學得很快。對於雛鳥，人們總是願意多給幾分耐心的。

刪除。清空。重新設定——這不是生活的真實，而是系統的詐欺，讓我們誤以為生活也可以換個名字和位置就從頭來過——不是這樣的，真實是——我們背負著自我的私歷史，以及自己與他人共同編寫的片段不成章的敘事詩。在一扇擦得雪亮的電動門開啟與關闔之間，相遇又離別，重逢又失散。

瑜伽課

關於瑜伽，我想自己是那種非常散漫而無心的練習者。落於中和小城尾端某一家展著嫩鵝黃招牌的瑜伽教室，斷斷續續地去了好長一陣子，前後算起來竟也疊積了五年多的時間，但我做瑜伽的心態一如做菜，隨意而安，不試鹹淡，凡興頭來了便急急地試，感覺百無聊賴了便擱下不管。

這種憊懶的，不嚴肅的，不謹慎的態度，使得期間我曾因搬家而整整一年沒去教室，也曾因為上班而大半年沒上半堂課，瑜伽課那邊頻頻有人打電話來問：甚麼時候有空回來上課？我總是心虛地搪塞：有空就去，有空就去。

事實上，我並非沒空，我只是累了，累到連自己也抬不動的地步。就像很多半途而廢的事情：中醫，三伏貼，安眠藥，減肥，慢跑。很長一段時間，日子是一座齒輪鏽朽的笨重的時鐘，漆箔剝落的指針走走停停，偶然指向了哪一格，我便不得不久久地滯留於淩晨五點的淡焦微光或深夜零時的黑暗海底，或者，某個漫天烏霞無盡無邊傾軋下來的平庸的黃昏。

我是有空的，但也疲憊到底了。擁有時間，不等於就能擁有生活。事態經常如此：時間只是身上多餘的冗煩的贅肉，貓陪著我度過滿布油脂與塵埃的日子，我們一齊盯著正熟睡的龐大的時間的身軀，想盡辦法打發它、切碎它、謀殺它，消滅它。

若真想要把時間耗費在某些無害的事物上，瑜伽確實是個好辦法，只是每個月的學費教人稍感奢侈，但我又不願意去社區運動中心，看見那些阿姨祖母做前彎觸地時尷尬的懸空，和她們穿著便宜韻律褲的浮腫臀部。

於是，偶爾地會想起那間光潔明亮的瑜伽教室，親切的櫃檯女孩，和肌膚緊緻身段柔軟的瑜伽老師，在家拖過地板，滾在地上做幾個貓式嬰兒式，便覺得渾身發熱，體內湧出一股教人自我振作的熱情，於是懷著一股久違故人的興奮和約莫幾十公克的心虛，去上一堂瑜伽課。

剛開始做瑜伽，是由於無名目的疼痛——身體各處無來無緒的僵疼，肉是浮腫的化石，骨是腐弱的植株。日復一日與那痛戰鬥實在太累，於是我選了當時租屋處距離最近的這家瑜伽教室，僥倖地想獲取有效的戰術。

然而，眾皆周知，瑜伽究慢，何況瑜伽要求我們的就是慢，且若中斷兩個月未練習，身體就會退步回到瑜伽前的僵硬。剛開始選課，我貪心地選了拳擊有氧、Zumba和陰陽瑜伽，嘗過一次才確信：那種hard core的運動型態，以我稀微薄弱的肌含量和肌耐力根本無法應付，課上不到一半便氣喘發作似地胸痛如絞。瑜伽分陰陽，陽瑜伽練核心，要求穩定、精確與重複的訓練，不到一個鐘頭便能教人汗如暴雨，汗水刮花了淡妝，浸透短褲與背心，整個人汗涔涔濕淋淋像剛淋過一場大浴，又被冷氣吹乾，徒留幾道汗痕在腰腋之際。

後來，我凡做核心都素顏上陣，但流完了汗氣色的確明亮了幾分，不撲粉亦自明媚。

瑜伽凝神於呼吸，甚至執迷於呼吸，面對它，吐息它，放下它——彷彿是這樣的箴言。但我想這存在的某些無可抹煞的理由：呼吸是基本的生存維持技術，也是身體內部自我設定的原則，要靜深吞吐，需謹守毋忘。如我之流，抽菸，熬夜，肺的力道想必相當差勁，加以天生性情急躁笨拙，呼吸淺短，又因菸而咳嗽不斷，但練得久了，腹式呼吸法也能做到吸吐氣各六秒，感覺腹部如水母堅定地膨脹，柔軟的透明的氧之觸角，深入胸口與氣管，將肋骨與胸骨微微撐得幾分蓬鬆；在緩慢而自制地盡數將空氣徐徐吐出，至肩膀鬆弛胸腹盡癟，才算完成一次輪迴。

瑜伽要我們專注於氣流遊走於鼻與腹之間，將身體想做一具柔軟的容器，可伸可縮，可慢一拍再慢一拍。完整的鼻吸鼻吐十二秒鐘之後，竟飄飄然對自己生出幾分佩服。

教室裏四面巨大的落地鏡，映出各人各色的身形，尖銳地暗示或明示——瑜伽的內核，就是身體。我們都是時間的俎上肉，被現實和責任剁碎得不成形狀，如子路之身淪落為醬泥。我們的心早已是凋落薔薇，餘下的碎塊不過成就了柴米油鹽的蛆之溫床——僵硬的肩頸是因為家人與同事贈與的意志的比拚，瘦入脊骨的腰椎是來自一千一萬回忍住語言的妥協。我們的靈魂原本富有彈性、飽噙水分與膠原蛋白，而當一切流失：青春，自由，純粹的天真，我們於焉魚群般湧入更衣室，輪流卸妝且換上緊身透氣的韻律衣，光裸著腳板踩上明滑如冰湖的木質地板，每人領取一張寬而長的瑜伽墊，盤腿踞於墊上，彷若便據有了一間無人竊聽的告解室。

瑜伽如癮，飽吸吞食的那一個鐘頭內，足夠教我們徹底忘懷肉體的世俗拘束與規格——扭轉肩頭與手臂，擴張緊繃如磚的胸大肌，轉頸眼望肩後定點，手撫腰側，伸展上斜方肌與側腰筋絡：髖關節，後背肌，內收肌，股直肌，股外側肌，臀大肌，嬰兒式，快樂嬰兒式……諸多名詞直接連線到肌肉的僵直和痛楚，怯弱且易退縮的我想著：我再也受不了了，但還可以、還可以再堅持一下，再多忍耐三秒、兩秒、一秒、零。

神造肉身，爾後瑜伽。

肉身之苦，苦莫大於心哀。我想，來瑜伽課的人，無論男女胖瘦，年輕的上班族或已至更年期的婦女，都還在或被現實摧殘破損、或被疲憊窮追猛索的肉身之內，埋藏著微弱的一絲火光，光焰之下有火種，在深深的泥濘的地底，像卑微的恆星般爍著衰弱但堅毅的光種。

輯二　戀物書

貓來

正連連抱怨著夏天燠熱的時候，不過一陣雨的時間，秋天就來了。

秋天來了，帶著連日不斷的雨水和連綿不剪的風。每落得半場的雨，天氣便更涼上三分。秋天是多麼短暫啊！陽光，陽光下搖曳的槭樹枝葉，顫抖如花的路犬，犬隻遺下的潮濕和陰影。鎮日鎮日地睏倦，卻無法真正地熟睡。人浮潛於夢的邊緣，成為半熟的魚。永遠不要和水波跳舞。

秋天正正當當地來，挾著隨時推門而走的瀟灑。這是秋天纔有的囂張。夏日雖熾，卻是死纏爛打的壞情人，分手慘遭報復的那種。但秋天多好，說來便來，要走便走，連衣袖也不揮地裸著一雙臂膀，徹徹底底的波派單身漢。

秋天來了不久，貓便要來了。在FB認養社團上見過無數隻小貓，每一隻毛色斑斕眼神巧緻，教我連連心動卻未嘗心折。阿醜是典型的玳瑁貓，怕生且黏人，不熟人想近身絕無可能，遇見陌生人從貓變成影子，把自己摺疊進最隱密的角落，但要混熟起來，頓成尊貴無犯的公主，要你全心的愛全意的呵護全力的愛撫揉摸。飲水濁了叫你，乾糧不新鮮了叫你，想到該喫肉罐了叫你，有時候甚麼事也沒還是叫你，叫你縱容她、稱讚她、對她說妳是全天下最好的貓貓了呀！

兩年多下來朝夕相處，我早已摸透了阿醜的脾氣，她也摸透了我的，喫定我心軟，搗亂便喵喵嗚嗚地裝可憐，我就忍不住一把將貓摟在懷裏親親膩膩。她喫飯喫得急了而吐時我從不罵，因為她是貓，貓從無惡意，貓的所有僅是不得不。認識的人都說我把貓寵壞了——哪家的貓每天喝礦泉水、擺個可愛臉蛋便有零食喫的呢？

要養一頭新的貓，和E也是經過一些討論的。這次的中途是個年輕女孩，叫做Bebe。和前一名中途大姊的豪爽海派迥異，Bebe精明仔細得很，認養貓可以，要收費的，驅蟲結紮貓食水全都算在認養人頭上，認養同意書是天經地義的，沒話說。另外要加裝門窗防護。為此我買了比我還高的好幾張密孔網，花了整整兩天，跪蹲在鐵欄螺絲岌岌可危的五樓陽臺，一步一步挪著手腳，用束帶鋪天蓋地的將網子張羅整座陽臺，做完再從外部加強紗窗，總算換得Bebe點頭認可。至此，竟有種追女孩子而終得芳心的成就感。

拉茶原本名叫泡泡，這麼俗氣的名字我是不認的。我跟E開玩笑說：要不然跟你姓，單名一個貓字？簡單清楚。E說不行不行，仔細端詳貓的五官毛色，那楚楚可憐的眼神和當初我第一眼見到阿醜時，幾乎一模一樣，一模一樣地呼喊著嘆息著：來愛我吧——我需要你，我需要你。為了那雙眼睛，我一如當初直覺地認定阿醜般，認定了這隻十個月大的虎斑小女生——至於恰好E正喜歡虎斑貓的毛澤，也不過巧合罷了。

叫她パン怎麼樣？E說，恰恰切合那張圓滾無辜的貓顏和一對懵懂如雀的貓眼。命名即重生，對阿醜和E而言，彼此都是彼此的後來者，但パン不一樣，這代表E會自發性地愛她——也許可至願意主動清理貓砂的程度。

我上網訂了硬殼提籠、貓草玩具、貓抓板。萬物俱備，就等貓來。而貓真的來了，比照片上的圓潤上了一圈，腰圍肥滿，阿醜困惑地看著我我困惑地看著貓，貓無辜地回望我們，彷彿無言的抗議：胖又不是我願意的，幹甚麼這樣子盯著我？

整整三天，貓都縮在籠子裏，不喫不喝不拉不撒。我佩服她的忍耐，跪下低身看去，光影交疊下也看不太清楚她的長相，阿醜時而好奇地湊近嗅聞，彷彿沒有動靜便兀自走開。

候到第四日，貓終於出籠，我還拿不定主意怎麼喚她，迥異於照片上可愛又可憐的小貓，眼前的貓既碩壯又威武，毫無惹人垂憐之意——要稱得上可愛的，大概就是那一張發酵麵包似的貓臉，圓滾滾天真無邪好似全不知世事，半頷著小嘴窸窸窣窣地找喫的，有肉泥有乾乾便一跳一跳地靠近，腳步謹慎如隨時要棄械而跑的逃兵。我覺得好笑。E又提議了：這麼胖的貓，叫她パン也挺恰好的。

パン，日文的「麵包」，源自葡萄牙語「páo」，諧音中文的「胖」。我覺得這名字更好，因為，貓真的很胖。

貓現全身，我們都微微喫了一驚——比阿醜整整大上一個個頭。得有比較，才懂高低。比起パン，阿醜嬌小清秀，柔若無骨，黏蹭撒嬌得心應手，相比之下是多麼可愛教人疼惜的小貓貓啊！而パン毛粗骨硬，動作敏捷如虎，爬姿貼地如蜥，十足野性未脫的一個笨孩子，唯一的弱點便是食物。

我自然察覺到自己偏心阿醜多得太多，所以對パン努力持平以待：乾乾一貓一碗，分量一樣。貓砂盆一貓一個，誰也別排隊。飲水共用，玩具不分，好讓她們盡早習慣彼此。

貓們的適應力比人類想得強上許多。不出一日，兩貓便快快活活地滿地追逐，我深怕貓野起來沒節制，將心愛的水晶擺件一個一個黏上膠固定在高處。至今還好一個沒碎。

兩貓都愛極了罐頭肉，喜歡喫肉泥與零食，喜歡站在窗邊的行李箱上，拉長了身體看風景。每一回我都禁不住讚嘆：貓的身體好長好長啊，好有彈性啊——聽見我的讚美，阿醜便回頭望我，喵喵咪咪地朝我跑來，我將她一把抱在懷裏，又摸又親，パン則袖手旁觀地，自顧自跑去貓碗前喫飯。

兩隻貓，一熱一冷，一軟一硬，一骨架嬌小一肉質肥美。パン現在依然看見人類如見鬼般閃躲，靠近要摸她便齜牙哈氣，阿醜則不吼不鬧，柔柔媚媚地當優雅的姊姊，有時為了罐頭，兩貓會短暫地相鬥，而阿醜最終都是獲勝者，她知道自己受寵，而パン總是讓著她，跟著她玩，追著她尾巴跑，偶爾受不了阿醜的壞心眼，揮兩下貓拳以示「別太過分」，但不久便翻肚示好，向姊姊獻媚。

我終於敢於將貓們留在家裏出門一整天，原本讓パン進駐的用意，也就是希望阿醜有個玩伴，不要再像以往那樣，苦苦守著門等我們回家——雖然這個玩伴好像並不太令人滿意，玩起來的粗魯性子也有點難以領教，但人類的憂心多麼微不足道啊，日常裏，兩貓安然處之，親暱的勾肩搭背，跑跳追撞後胃口大開，每餐碗碗見底，大抵貓之福也、人之幸也。

魚燈

漆黑如墨的房間內，我捻亮一盞魚燈，青金色的燈火，教剎那耀輝方圓。燈光力有未逮，照幅因而囿限，僅僅兩步之內有著神祕的光合：水草貪婪地吸收著光，光化作碧綠的游動的線條，化作不知名的塵埃、蜉蝣與碎礦，與五彩的魚溫和且靜默地交尾於淺淺的水底。

貓輕輕地攏過來，柔軟的耳尖指向門縫，月黃的貓目專注凝望幾步之外的三尺魚缸。缸內眾魚輕划鰭尾、魚軀或靜止或流動，擺尾轉身之際亦深深回望著俯首凝視的貓臉，那場景彷彿《水底情深》中，那日復一日清掃巨大實驗工廠的女工，與囚養於實驗室大水柱內的水獸四目相觸，一瞬間永恆地無聲響起，彼此皆親見到水波蕩漾之下的夢想，情慾如水，浸淫他們濕潤的眼睛。電影中，有一場奇異絕倫的人獸交頸——將獸偷渡回家之後，為了滋養日漸萎靡的水獸，年輕的女子在狹小的浴室裏注滿清水，游至天花板處深深吸氣，隨即一絲不掛地下沉，泅往她祕密孕豢的愛情。

魚是水，是純氧，是綠草與珊瑚的歡愛之心，那歡暢的情意連貓都豔羨，並暗自嫉妒著魚們所炫示的那份、因不得自由而格外醒目的自足。我伸出掌心，撫過貓柔若無骨的背脊，眼望向浴室門縫傳來的游魚光影，側耳諦聽氣泡在水面破裂的清脆微響，心念則懸著那尾被我隔絕於他魚之外、獨享一缸白水黑石、尾翼賁張如煉鬼赤焰的半月鬥魚——半月美貌產自南國，我獨缸餵養的此月則遍體鮮紅、情韻鮮豔如春風牡丹；我擺一面小鏡子在鬥魚缸前，對於自己和虛構的映影，魚皆不為所動，大多時候靜靜不動地睡著，動時無非是攝食需求，偶爾，我以指尖細細敲響玻璃缸身，牠纔如夢初醒，搖鰭晃尾做活潑無虞狀。

我養魚，向來凶多吉少，那無可捉摸而居高不下的凶死頻率，教我感覺自己渾然是滅世的殺手、陸生的重罪犯。但我偏偏愛極了燈魚和小型熱帶魚，半透明爍著鱗光的刺點，一個一個的名字都那麼好聽：玻璃貓、藍尾孔雀、馬賽克孔雀、日光燈、女王燈、鑽石紅蓮燈……像一盞又一盞小星，懸吊在籠罩大地的黑湖表面，各自行進一線袖珍光暈。

眾多魚種之中，除了嬌媚飽滿的半月，我更鍾情於玻璃貓——玻璃貓，顧名思義，通體清澈，冰潔見骨，游動時如一尊白玉風鈴。款款擺擺水波之間，仙仙脫俗，但聽說玻璃魚敏感害羞，力氣也小，水質稍微變異或怯於搶食，極易就魚命歸天，故經常充當了魚群裏第一批犧牲者，沉落的剔透身軀，被一層惘惘的憂悒網羅，那是異常純粹而靜謐的死，僅僅止於死之本身，每一次都教我心口緊揪。

孔雀魚也養了各色各種，此款魚種出乎意料地強韌，我想牠們必定已感知周圍的燈魚接連滅絕的悲慘情狀，卻仍舊堅定而樂觀地存活著。有漆黑如夜的單色孔雀一對、紅黑金白四色錯織、美如寶礦的馬賽克孔雀三尾，一日兩次胃口挺好地搶吞我撒落水面的食物微粒。面對伸入缸中噴吐氣泡的陌生細長狀物體，孔雀們竟敢張揚著尾羽、大搖大擺地趨近視察。有時，會有某魚潛入稍深的水域，那裏有我鋪置的一把雪白卵石、十來顆晶瑩如雨滴的雨花石、一座擎著紅尖屋頂的迷你城堡。

豢養某種生物，難免使人感覺胸中洶湧起一股創世的驕矜，其中關乎幾許興奮，又包藏某種私密的神聖：缸是我上網選購的，水是我滴濾潔化的，魚是我精挑細揀的，飼料過濾器活性碳是我求教魚友一一備齊的，一件件細小滑溜的生命體，飢飽浮沉皆操於我手。我要鮮碧的水光，便有了金魚藻和水蘊草；要夜月和晨星，便有了碎白晶和琥珀礦——我是孤寥的創造之神，萬物因我而有了光暗、乳蜜、氧氣。

然而，豢生若不徹底，便容易演變為輕率的殺生，創世的歡愉亦變質成小型的末日風景。為了避免重演往昔的滅族慘劇，我痛定思痛，不再將魚缸偷懶擱置陽臺，而將缸安置於永恆開著抽風機與日光燈的浴室，倚靠著磁磚牆面的魚缸安穩堅固，魚生用品一應俱全，加以維持室內常溫，照理說魚沒有養不活的道理，但養魚的關鍵是水質，要養魚必先養水，偏偏任憑我反覆地嘗試，也無法調配出清澈無垢的水質；我小心翼翼地彷彿進行一場偉大的化學實驗，分別向缸水內滴入硝化菌、水質清澈劑、除氯水質穩定劑，缸內依舊是白濁不明的一潭混水，混濁得像一樁不見天日的冤情。所謂的魚水之歡，大約已無指望。

試盡各種方法之後，我纔發現缸底的水草一株一株地分崩離析，撈了又撈，那細小的莖葉仍然不停地軟化，腐敗，斷裂。將水草盆栽盡數拔除之後，撈洗數只空瓶，注滿那號稱食用級過濾蓮蓬頭流出的聖水，輪流且少量地滴入三四種藥劑，擺陣般占據了將近一半的浴室，並嚴重警告每個進出浴室者：洗臉洗手，千萬留意不要將自來水甩進了缸瓶。

最終，也許真的是腐爛的水草導致水勢濁蕪，也許只是恰巧走了運——那缸水真的一夜之間明朗起來，我的歐洲小城堡、水晶貝殼、各色雨花石和雪白鋪底石歷歷可見，魚群以我沒見過的活潑姿態歡快地游上竄下。這一刻我感動莫名，幾乎想讓全世界看見這經過巨大的勞碌和挫敗之後、終於抵達的成功的終點線，我不禁想著也許真有孔雀和燈魚之神冥冥中護佑。

清晨六點半，我貓步踏進浴室，貓在身後滿臉好奇而渴望地盯著。我捻亮魚燈的開關，青銀色的燈光隨之應和，燦美純淨如龍鱗輝爍，如一句機巧的偈語——魚不孤，必有靈。

廢物

經常在路過的時候看到這樣的景象，有甚麼從某人的生活裏被割捨了：一座少許舊損的鞋櫃，一把端詳不出時光的木椅，一張傾斜著肩頭的塑膠麻將桌，一張妝粉微微剝落的床臺。這些從日常中被挑剔了姿態，被拋棄了名字之物，在於那些親手將其扔出現實大門外的人眼底，或許、不、並非或許——無疑地就是廢物罷。

曾經也說不上很窮，但就是愛揀路邊這些人們不願意再憐惜的東西。明明還簇新白亮的雙人彈簧床墊，手腳俱全的籐編沙發，白木貼皮的收納櫃和頭頂玻璃法輪的茶几，對我來說都太大，太重，是不可能搬得走的。我伸出手試探性地搖一搖，摸一摸，退後兩步輪流仔細地觀察：櫃身和桌几不見朽態，雕花部分泛著被驟雨刮花的黯黯木光。夏秋之接，夜裏多雨，無光的雨裏那些廢物們如一整群不動明王，依傍著路燈微弱的熒光，戍守著沉默和靜止的王土。在那沉默而靜止的地表下，寂寞的季節，萬蟲蠕心。

每遇到路邊有幾件甚至堆成小丘的廢物，心裏總是有種如經寶山而不能迴避目光的敬意。太高的山稜我是登不上去的，地面幾件零散物事還可以碰碰翻翻，揀過兩三只大小各異的木抽屜，那木料被烈陽曬得鬆脆輕盈，不大費力便提了回家，將灰塵擦洗乾淨後晾乾，倒過來放可以擺進兩排的書，下排橫上排豎，空隙處放上幾只旅行時攜回來的袖珍瓷身咖啡杯，杯底鑲寫著製杯人的姓名縮寫：T．S。我想絕對不會是艾略特，艾略特哪有此杯盛放的甜美。

寥寥幾件廢物進駐，已足以讓我安居於一座細節漫漶的光色荒原。除了小凳小抽，我也愛揀石頭，揀枯枝，揀落花，揀別人忘在影子裏的那些快樂的贗品，永恆被遺忘的幸福的複製畫。

普天之下，莫非廢物。我身在荒地，心繫廢屋，眼開三觀，觀想那紋路完好的紫檀木原塊矮桌，面覆蟬翼的雪色紗罩檯燈，幾乎寸膚無傷的三格層櫃……每一樣都還活著，在呼吸，在承受。當我想起被棄於某處而不顧的物品的忍耐的姿態，我就想哭，想大聲地哭大聲號問：為甚麼會被扔在了那裏？為甚麼這樣輕易地被捨棄？

我真正困惑的是，人怎麼可以這麼無情？這麼輕易便棄物離心？無血淚故無有罣礙，無罣礙故無有恐怖。或許就是必須無血無淚，所以不會傷心，所以不該輕易見景動情。你不要再想了。不要想衣櫃裏他忘了帶走的那套舊西裝。別再去拈算她留在牆角的乾燥花碎蕊。不要點數他每晚睡前該記得喫的藥片。不要熨她打算下週朋友婚禮時穿的洋裝。不要默背他的生日戶籍身分證字號鞋襪號碼。不要留心她的三圍變化眉頭緊皺如漣漪收攏的剎那不要覺得自己無用。更不可自恃能有甚麼大用。不要想起與他人有關的往昔。切莫夜半醒轉卻惦念不可追的餘生。

大概因為自覺是一具消滅不易回收困難之超巨型廢物，我總是蒐集著某些可用可無用的物件：某個人抽過又捻皺的菸蒂。枕頭底下掉落的誰的長頭髮。貓遺忘在飼料碗裏的鬍子。倒流香燃燒後堆疊的燼雪。深眠在街角的枯萎的槭樹的葉骨。陌生人的旅行紀念品。碰缺了一角的小骨瓷盤。黏在行李箱上的日期細節。啟程處與目的地的機場名稱。黃昏中巷口飄散的米湯沸鑊的氣息……

這些廢碎之物，有的是可觸摸可握取的實體，有的只能是幽靈的追憶。因應物件不斷增衍，漫延及桌底，椅腳，灶旁與床畔，我不得不搬入一只又一只相應各物之尺寸、材質、屬性的盒屜、瓶罐、口袋，將這些邊邊角角的徹底廢棄之物擦洗、分類、收納，分裝入容器嵌以標籤說明，再繡上一把袖珍密碼鎖，最後鎖進櫃子裏密封。以時光起誓，以塵埃封緘，再也不為誰重新撕啟那封口縫線，否則便體會到撕毀肉疤的痛苦。

我綁緊垃圾袋的束口，地板上諸多灰塵貓毛落髮及不知名的食物碎屑，我鋪開除菌濕巾一網而盡。打開冰箱，將盒碗瓢盆重新分類排列，擦拭溢出的湯漬。想起要給陽臺的植栽澆水，那株新添的粉紅鶴和辣椒樹，猶自紅豔豔地還沒被死靈附身。沙漠玫瑰馬齒徒長，整個夏季都沒開一株花。要餵貓，要換水，三缸子水晶燦美的魚水一字排開，跪在地上像給誰謝罪似地將十尾孔雀魚、兩尾草金魚、一尾半月鬥魚一隻一隻分別撈進暫時安身的淨水碗中，追捕魚隻便耗去不少精神，再將整座缸刷洗、注水七分滿，替換生化棉和活性碳，沉水馬達與外掛過濾器分別附缸，將魚分三缸傾入。還要洗衣服，洗好脫水再晾，各人的衣物有各自歸屬的衣架。最後洗昨晚喫用過還油著的碗，略略整理一下床被。伏在床頭的貓看我一眼，隨即慵懶地瞇起貓目，低下毛茸茸的後頸小憩。我點起一根菸，順便燃一炷印度薰香，大麻味的。時間已近黃昏。時間都被竊取去哪裏了？生活的竊賊，是否正是我以為的那樣，是一事無成的三十五歲的夜闇？

我試圖重新收攏心神，卻只賸煩躁，欲睏，全身各處痠疼如石——快七點了，要提著好幾大包塑膠袋腳步緊緊地下樓趕垃圾車，我戴上口罩、拽著一大落塑膠包裹磕磕碰碰地過馬路，不由分說地將它們扔進齜裂的車嘴，感覺像是親手割除了身上的某一塊惡之腫瘤——關於廢棄的、發朽的、殘碎的、滿布霉苔的那一塊。

若廢物盡捨除，你自己還餘賸多少？大抵是幾乎近無吧——所以，我纔從未比扔完垃圾的剎那感覺更輕盈更自由，彷彿是自己被吞沒進那鐵牙鋼舌的車口。即便一切的無物一身輕僅僅是苟且的錯覺，即便知曉明日還要從頭來過。

在市場

我曾嘗試描繪市場的諸多瑣事，但市場之於生活本身的種種細瑣，如同一座無窮盡的迷宮，它沒有起始，亦無所謂盡頭，如同一項萬有的隱喻：鐵皮屋外沿的蔬果攤，鎮列出當季的甜瓜或柑橘，攤子背後散落摘除的菜葉果蒂，屋簷下冷氣徐徐的肉鋪子，碧綠或赤紅的塑膠布之上，肉販正聳動著渾身的肌塊，高舉巨刃復閃電也似落下，碩腥的雞頭應刀而斷，我們看他用同一把大刀的刀尖俐落地分切胸、翅、腿、頸，俐落地挑剔出整副雞架子，主婦們爭先湧上搶架子，戰利品進了廚房可以熬高湯，熬出來的一鍋清清湯水可以替任何食材增添無限鮮美。那是骨與水的魔法幻技，我們大可賣弄玄虛，卻難以參透有無。

關於市場的好處是舉不完的。曾有一陣子，為了替貓咪阿醜烹製鮮食，我每天早上十點鐘起床，草草洗臉套衫，素著一張乾得不能再澀的臉，十點過半左右抵達市場，就為了尋一攤肉色白皙晶瑩的溫體雞肉，買上兩條去皮去骨新鮮雞胸肉，沿途經過本地黃牛肉現切生魚片，閃躲迎面撞來的豬肢，提防魚販在周圍地面布置的滑溜的陷阱，好幾隻籃子裏橫躺著一息尚存的白帶魚或其他我不認識的魚種，一呼一滅地微微掀動銀藍色的鰓片。

雞胸肉回家丟進滾水，煮透後放涼，涼了再撕成一貓口一貓口的塊狀，將貓的食碗盛上三分滿，貓咪阿醜聞香尋來，嗅了嗅便埋頭咀嚼那豐富的蛋白質和膳食纖維。任務達陣，完美無缺。

一如所有表面看起來繁華之物，市場的壞處畢竟也是有的，且無所不在——我們不會知道那灑了水的大白菜萵苣高山高麗菜空心菜到底曝曬又冷藏了幾次？那通體剔透不動如佛的鱗身究竟冷凍又化冰了幾回？溫體迥異於現宰，那股溫挾在汗和雨和烈陽之間，掖得濕潤黏滑，手指一戳即攤軟下來，觸感像一灘滑膩的泥淖，全無肉體的堅實。時間在此是騙子的夸夸，特別如我這樣未迄中年熟齡的女子，太容易便陷入攤販的口舌陷阱，事後發覺多費了幾十元而自懊自責，痛悔耳根軟不當初。

市場裏多的是來路不明的物件：衣服一件八十一百地賣，或有執大聲公嚷嚷著原價兩千賠本折半者，說是百貨公司出清也不知道是SOGO還是微風抑或大遠百，但逛得多翻得深了，也會驚豔於埋藏於盜版名牌與俗豔成衣底下的某件復古老襯衫，領口綴著精細的刺繡，鈕釦是今所未見的典雅樣式。或是偶然抽出一條花色素雅的古著長裙，一只繡珠完整的八〇年代手拿包……這樣的機運稀少而神聖，可遇而不可求，心底不禁地昇起僥倖之念：這股幸運，該是受市場之神眷看著吧？

後來，因為睡眠時間紊亂，若非睡三小時就倏然睜眼醒來，就是長睡十二小時纔昏昏起身。若有恰恰好不多不少睡足六小時的一日，早晨陽光蒸篩窗廉，率先浮現的念緒便是去市場一趟。

晨光正豔，我趿著木屐往市場尾端某一小攤位走去，攤約一坪半，一張洗頭椅一張剪髮椅一座鏡櫃便已滿溢，牆上空白處端端正正地一張手寫字招牌：「四十年經驗！修腳200，去腳皮300，洗頭200，燙髮500，保證亮麗！」我身段委婉地坐進靠隔間的粉紅塑膠椅，輕聲輕氣地喊：「老闆娘，我要修腳。」戴著一頂手編寬邊帽的老闆娘以墩實的背影應聲：「好，稍等一下！」隨即背對著我，熟練地撈過一只盛滿熱水的臉盆。我將光裸的雙腳慢慢浸入水中，熱氣從腳底蒸繞上昇，僵冷的肩頸稍稍放鬆了幾寸。老闆娘俐落地從瓶罐幾乎溢出的櫃中抽出磨銼剪刮等刀具，抓過一隻腳開始修修搓搓，「這邊有繭，是走太多路，姿勢不對，不然妳皮膚其實好薄耶！」我溫順地頷首，微闔眼瞼，再張眼時已要搽指甲油，我嫌紫色太俗，綠色太怪，總是選安全的淺色系：粉橘，珠光粉紅，貝殼白。修整後的腳面光嫩如水，我趿回被磨損得色澤斑舊的紅繩木屐，輕輕盈盈幾乎足不沾地，打道回府。

緊鄰修足攤者，是一家僅約一坪的袖珍咖啡店，名字爽快地就取做「市場咖啡」。那空間之狹窄短小，僅供一臺義式全自動咖啡機容身，老闆不知哪來的辦法，竟還擠擠搓搓地塞進了一桌兩椅，尺寸如兒童安全座椅，臀圍超過三十吋者若坐上便要滑到地面去了，卻常見早起嗑咖啡的叔爺們岸然端坐其上，巍巍然如大佛般低眉慈目，啜飲眼前一盅燙喉黑水。

每逢颱風天，去市場最能感到某種奇異的得意，彷若空城的臺北邊區，踩著叩叩價響的舊跟鞋，如女王君臨城池那樣地駕臨幾乎杳無人影的市場。菜販百無聊賴地蹲在板凳上嗑瓜子，菜價漲得他們一臉無力回天。整雙小腿飛龍舞鳳的男人抽著菸，乜著眼看顧身後的三四排雜貨五金。肉販不持斷骨刀而啜穿腸酒，肉倒是不降不漲地一樣貴，更稱了其漫天喊價的心思。我摸摸口袋裏愈見拮据的持家金，購物欲節節逼仄後退至浸著雨水的小腿，僅僅想買一顆鮮脆欲滴的高麗菜，入眼者盡是殘根弱葉，索價竟逾兩百。

市場裏外走了一遭，實在狠不下心，一轉腳跟邁向街口的大型生鮮超市，那裏空調清涼價格透明，不去思索誰剝削了誰而誰又站在誰的血汗泥濘之上此類公理正義總總瑣碎問題，便能愉快乾淨地推著購物車一區區地溜逛，車籃內依序置入一袋三十九元雪白菇、一盒九十九元雪花牛、三根五十元有機紅蘿蔔、一顆十元本地小農紅洋蔥；再配一疊起司片與日式咖哩，回去後洗手滌足順便淘米煮飯，將紅蘿蔔切塊一併放進電子鍋炊軟——開炒鍋，灑幾縷橄欖油翻炒菇、肉片、洋蔥，至半熟處傾入數匙清水，水滾即放入幾塊咖哩與蒸透的蘿蔔，攪拌至湯汁濃稠均勻、香氣馥郁撲鼻，前後不需多少時候，一鍋香噴噴熱騰騰的牛肉咖哩便大方上桌。

窗外風雨交加，植株窸窣傾軋，屋內則是一片溫暖和平，連鎖超市終為我輩的果腹之道，朵頤之地，淌乳與蜜，滿地碎骨爛泥、喊價貪心無度的傳統菜市怎堪與之匹敵？我不願也不甘願將傳統市場想作務農人的密友——盤商、菜市、農會聯手撥算，哪方能不被剝去幾層皮肉？講究情義的狼犬終究滌不去狼性基因。我不信任人愁苦時的哭臉，也不輕信搏交時的笑顏。

這樣想想，至少心底感覺好過些。颱風很快地便要走了，到時候再赴市場，前後風光想必大不相同，如一趟趟前浪後浪的輪迴。市場裏，有的是生活的浪峰和潮退，現實的賭局與騙局。小賭怡情，而豪擲注定傷心。

喫貨

壹、盅件

溽暑時候，烈日當空，我們駕著藍色的機器馬在城市裏尋找地方避暑，當前座的E忙著看燈號閃避來路車輛時，曬得頭暈腦疼的我，太陽穴像太陽一樣火燙，於是脫口說出「好想喫飲茶啊」這樣的話。

心知肚明的是：明明前一陣子都說好了，要做節省持家的自炊族，每週一到五煮食。我廚藝慵懶，懶起來連米也無心淘洗，常常是幾片牛肉菜葉，打顆蛋佐一把起司，便以咖哩和泡麵輪流度日。

E是不挑食的，但我挑食挑得又狠又極端，端碗添筷完畢，E邊追劇邊看也不看地挾菜吸麵，我被蒸騰油煙燻得胃口幾無，乾脆嘴一碗雪花冰或幾塊餅乾，甜蜜冰涼得聊勝於無。將近一個月下來，嘴冰也嘴得頭暈目眩，整個人虛寒了一大圈。

突然很想很想嘴港式飲茶，那入口彈嫩的魚子燒賣、濃郁燙口的焗烤白菜，在腦子裏蒸騰著香甜熱氣。

E抓緊穿換車流的空檔偏頭問我：那麼，不外食生活的原則該怎麼辦呢？

我思考了一又二分之一個紅燈的間距，決定避免掉入外食與自炊的繁冗辯論、擲出第二記直球：可是、今天好想嘴飲茶啊——你抬頭看，看天空裏雲的顏色、好像煎得油亮亮的蘿蔔糕啊！咬下去酥酥脆脆，內裏如棉，油脂輕輕地一觸舌就溶化——就是這麼地想嘴飲茶啊！

身為資深嘴貨，為了嘴，可以編出許多無趣又荒謬的藉口，但正是因為太可笑了，反而地教對方啞口無言、驚懾不已，最終成功蹬入那流淌火湯生滾粥龜苓膏的乳蜜之門。

從小喜歡飲茶，也習慣飲茶。多年前，永和耕莘醫院附近的某建築物二樓，有一間老作派的茶樓。胸繫一小方白手巾的服務員晃晃悠悠地擎著推車，經過你桌邊往往只是巧合與偶然，要寬容且耐心地按捺著飢腸轆轆的肚腹，待那車終於願意緩緩悠悠地晃過來，來的時候眼睛乜也不乜你地，手一伸便給上你要的一湯七籠一涼盤，有一種格外冷淡的魔術師氣質。車來了，就可以從容而歡快地瀏覽那林林總總疊得老高的糕食：先要一碟冰涼的醉雞驅暑，再要了一碟鳳爪、兩籠叉燒包和魚子燒賣，點兩條現炸春捲與奶油焗白菜。掀籠時，手勢得優雅地傾斜二十五度巧避熱氣，籠開之際，若有袖珍的雲龍竄旋而上，如逆流倒施一小道白晶瀑布。鳳爪酥散蜜口，叉燒包鬆軟甜嫩，魚子燒賣鹹香彈牙，此時，炸得脆薄金燦的春捲和奶油焗白菜上桌，春捲那純金般酥炸蟬翼裹著鹹香內裏，如花苞攏住幼嫩蕊芯。焗白菜表面看似平靜無波，以湯匙撬開薄透金黃的起司地表，底下是焗得軟糯如湯筋骨盡斷的白菜，攪散菜葉與奶油，滿碗雪色岩漿，入口寸斷心腸。

E特別偏心燒賣，他胃口小，僅喫了兩籠，添上一杯冰柳橙汁，隨後整程便眼看我將滿桌點心逐件清空掃淨，還追加了一碗魚翅灌湯包：先是嘗一口高湯，爾後一口吮盡那金魚尾般麵皮，再將碗底湯汁拌勻散翅香菇絲肉片，仰頭一飲而盡後，滿意地舒一口氣，要服務員重沏半盅香片，脾胃通暢精神清颯。

為了飲茶，我是樂意滯港不歸的。老港人每早必赴的一盅兩件，揀兩種點心，燒賣或鳳爪或玻璃腸粉，配一壺普洱，再攤開小半桌馬報，一邊啜著熱茶一邊翻報紙，或連連地擊桌、頭搖得波浪鼓也似搭以悠長哀傷的嘆氣，或桌底下捏緊拳頭正無聲地歡呼，是能教隱市變為鬧市的老香港作派。

去香港，曾登訪知名的蓮香樓，樓中從早到晚熱鬧得像一把炭鍋，一進樓便被那強勢的聲浪淹沒，人聲茶聲湯聲輪轆不休，領班說話快得像鳥，點心車巡桌的速度也快了許多。趁車到面前，我眼明手快，撈魚般精準指名一籠蜜汁叉燒包一碟山竹牛肉球，再要一碟炸春捲一份臘味蘿蔔糕。

開籠試味，世紀級的老店，口味水準自然不在話下，而那碟浸著一小潭湯汁的山竹牛肉球，是我畢生嘗過最美味的肉丸子——口感溫潤如美玉，氣味清新如初雪，芫荽清香腐皮濕潤肉質渾美，現今流行的瑞典肉丸子連一根頭髮梢也及不上。

出得茶樓，雨滿中環。我提著略緊的褲腰覓向地鐵站，如一名拈著首級即將揚塵而去的刺客。

當雨滿中環。

貳、塔事

剛交往時，E便清楚地說開了：他在喫食上向來全然不挑剔，約會時要去哪，以及，要去哪喫，全權由我決定。我聽了心底竊喜，迎合另一人的口味與胃口於我始終是項苦差事，男孩子多喜歡大塊喫肉大碗扒飯，但大概是從小跟著大人上館子上慣了的，我可以與現實妥協，完全不挑剔地餐復一餐以三明治和咖啡度日，可骨子裏我挑食又貪嘴，滿腹食慾堪比羅馬共和國律法更精深嚴明，逮到機會，我可以一手選揀整桌十人份的湯品菜色搭配點心水果，指尖滑過一頁頁菜單，向服務員細問用料烹調，幾兩幾價，再一口氣叫足了菜，自覺像一名傑出的指揮家般流暢優雅地完成整桌交響樂的最好盤算。

但E倒真沒半句假話，他自道不在意喫食，而我觀察其講究食物的程度，有如蜉蝣食苔般，僅需果腹便能好活。有時候我接了好幾個案子，忙得自顧不暇，沒餘裕也來不及替他備飯置水，他便可以餐餐微波便當與超商涼麵配麥香紅茶。每當兩人碰到「喫甚麼」這件問題時，E經常將決策權讓予我，於是，我便自作主張地領他去喫濃郁燙口的九州拉麵，配煎得酥香的薄皮餃子；要他去居酒屋飲清酒搭鹽烤牛小排，擲兩顆清如水晶的冰塊；殷殷勸誘他去上海館子試菜，兩人分食一盤鬆軟刈包佐以入口即化東坡肉，且得意揚揚地問他好不好喫？對不對胃口？每當逢誰生日，更是我展現自己甜食素養的大好時機，不計麻煩地打去手工甜點店，預購一座濃稠似黑夜的比利時苦巧克力蛋糕。

如果，沒人過生日可也沒聚餐得赴，我至少會央著E回家時順路買兩隻某咖啡店的檸檬塔解饞。

關於塔，又是一段無稽又無內涵的故事：曾經瘋迷某一家的手工檸檬塔，那冰涼酸甜一如少女的夏日戀情，金燦燦的甜汁佐以酥香塔派，迷得我每天必搭計程車去喫上兩隻纔罷休。那酸甜脆涼教人難以戒斷，戒了又犯瘾頭。終究，低頭看看肚子、數數錢包，不得不務實地考慮一番吞入腹內的熱量與花掉的錢，知道非得狠下心戒不可。但凡戒斷一物，必有另一物崛起而代之。為了戒塔，而癮上冰，尤其是芋頭牛奶冰——鹹湯裏的芋頭我是一口也不碰的，那黏糊糊分不清楚是湯還是菜的口感總讓我敬謝不敏；同炊一桌火鍋時，要是誰往鍋裏擲進了芋頭，絕對轉眼成了鍋民公敵。可糖漬的蜜芋頭卻教我無法自抑地一天飽食一碗，一碗足足能抵一餐。淋上煉乳的蜜芋頭，裹著薄薄一身蟬翼也似雪沙冰，那綿軟細嫩，觸齒崩溶，不知為何總讓我聯想起男人將牙口深深嵌進女子香肩的畫面，觸發極微淡的情慾。

不過，對於日漸肥美的小腹而言，管他檸檬還是芋頭，熱量與糖分是差沒多少的，來者照單全收。今日醒來，恰好曉得了逢遇白露，午後三時上街，秋陽滿眼如鎏金琉璃，剛剛消散的清冷夜晚凝結為露珠，在金陽下無聲地消殞，感覺總是要喫一隻塔或一隻蟹，那一類熱量奇高的腴美之物，纔有辦法稱得上是秋天罷。而壓抑許久的關於塔的心思，也經不住蠢動起來——好久沒喫塔了，現在好想杳無人知地放縱一回，去咬兩隻冰沁入脾的檸檬塔噢。

參、煲生

幾年前赴港出差，那時也不大明白為甚麼必須隻身赴港一整個禮拜，無依無故的，面對的都是陌生的工作上的人，無人接應，一出海關，就為了找不到WiFi專辦店而幾乎哭出來——幸好，趕在商店打烊前十分鐘，疾花帶淚地狂風也似迅速辦妥。

海關、民宿人員、攝影師、記錄者、文學編輯、大學教授、詩人、小說家、書店店主、雜誌主編，沒一個稱得上熟門熟面的，頂多是FB臉友，或根本僅依通Email約定。我的粵語不通，對方國語不流利，我緊張地祈禱著所託付的採訪者的可靠與可信，憑依著觀察雙方談話的臉色，來判斷這場採訪是否成功達到目的。我想要問出來的，他們額外談出話頭的，一切得等收稿之後纔見真章。

每日跑好幾場採訪行程，加上大量的不安感與趕路奔波，六天下來我已然氣力告罄、疲憊不堪，更被其中一名攝影師糾纏不休地要我去他攝影棚拍藝術照——光為了躲他連珠炮似的訊息，就讓我煩心到底（但後來我發現，他真不是心有歹念，而是某方面而言太孩子氣了）。晚上收工之後，攝影的D領著頂住多場採訪的年輕詩人Z和我，去了深水埗某家街邊大排檔，那店名地點和究竟喫了哪些魚肉，因為身心累到極致，加上忙前忙後地招呼挾菜叫酒敬菸而忘得精光，但特別記得酒足飯畢後，D興沖沖地招手領我們趨向一攤攤擺著首飾的小販，人高馬大的D將相機藏在包裏，像見到新奇玩具的孩子般蹲跪在攤布上，一條條地揀撈土耳其或義大利來的寶石串鍊，興奮地向一旁也蹲著的我解說這好貨啊好貨，我也順勢買了兩只別針一雙手鍊，那粗經琢磨的原石確切散發著某種樸實的豔光。Z倒是很澹然地看著我們兩個埋首銀石之間，耐性地抽著菸等我們盡了興頭纔離開。

闇夜的深水埗龍蛇雜處，每輛貨車後都匿著身著黑衫、就著一把短匕或一條粗金鍊子討價還價的人物，而愈是闇黑雜亂處愈有教人念念的美物。留港的最後一夜，走出地鐵口，隨著人流拐進巷內，便見著一家毫不起眼的棚搭粥粉攤。那真是我見過最油膩髒仄的店了，但煲出的粥卻美味得稱奇：米粒熟熬、湯頭濃郁、甜如蟹膏。我挨著前人腳跟併入一桌，桌上另兩人看起來是正正經經的中年上班族和剛放班的OL，都還穿著制服，我悄悄乜著他們筷尖菜色，依樣要了一碗生滾粥加一份炸兩，菜遞來時我簡直驚呆了：堆得小丘似的炸兩，比臉還寬大的粥碗，我學著鄰座鬆開領帶準備大啖的男人，一口炸兩配一匙粥，炸兩的酥脆油香完美融合粥滑不見骨的清甜，那一嘗傾心的滋味堪比一見鍾情的春心。我就這麼懵懵懂懂地將香港最嫩最甜的血髓喫進口裏，連同桌的男女何時換成一批黑衣刺青的地痞也毫無察覺——再兇再狠之人，到了此處不過是嗷嗷待哺的粥客。

回到臺灣，在各家號稱老牌正宗廣東粥之間逡巡尋覓，愈是生意好的，卻愈不及格，試過好幾家號稱正宗字號的廣東粥，不是米粒太粗、形狀可見；或湯水太清、淡澀毫無香氣。因為太掛念那滑膩如絲綢的港粥，於是乾脆試著自己煲粥：生米略略入果汁機攪碎，米水比例抓準，再往鍋裏擲兩枚雞湯塊和一匙味精（據Z以告，香港生滾粥之所以特別醇馥香濃，乃是味精擱足之緣故），再將幾枚老神在在乾香菇和水嫩白皙精靈菇剪碎撒上，冀望幾分雅細。粥滾二十分鐘，加半杯水或高湯再煮沸，最後燜上一陣，掀鍋之際馨香燙鼻，舀一小碗試味，太淡擱鹽、太濃則添水，這般反覆調整直至濃淡鹹甜恰合口腹，菇類的精華盡被兌現，奢侈一些則捨菇而僅喫粥，那綿密濃滑，彷彿豪擲時光的奢侈之味。

喫貨識途，有如老驥。入魔的饕客，儘管尋遍天涯海角，若非心中最高那一味，也不輕易罷休。而尋常喫貨如我，不過就是圖一份日常裏的親近，共桌而食一鍋清粥，儘管眼看他毫無顧忌地撒一層厚厚肉鬆，也得眉頭不皺一下，畢竟，世界上有幾人願意靜靜在你對面、喝一碗你煲透的粥？某些無心之問，僅有幸福的人纔曉得回答。

玩物喪志

在家蹲了許多許多天未出門，最遠不過只到一兩公里外的夜市去採買貓食；每週去兩公里半之距的診所拿藥；連早晨的菜市場都不走了，最多走到樓下便利商店或清心買咖啡，好緊緊地克制多餘的購物慾——雖然話說起來，已經在市場上辦過許多不透明的交易、繳了不少冤枉人的學費。

對於這樣狹小而規律的生活，我是心滿意足的。方圓五百公尺之內應有盡有：五金百貨、便利商店、公車站、耳鼻喉科、水果行、派出所、彩券行。除了必要去取的安眠藥和得舒展肌肉疲勞的瑜伽課，基本上並不需要離家太遠。

不久前，出了家門腳程三分鐘之內，開了間簇新的二樓咖啡店和細節肥大的小七。我日日揹著筆電前往，或打字或發呆，一杯四十元的香甜冰紅茶可以待上三小時。以往常去的兩家文青咖啡店，一塊磅蛋糕要價逾百，一片檸檬塔索價不貲，故已幾乎年餘連門也不過。

玩物是否必然喪志？對我而言答案絕對肯定，況且絲毫無負面意味。和E租賃的一間小小數坪公寓裏，書櫃頂部擺有三隻香爐，兩隻瓷一隻銅，爐旁並置幾筒盤香。盤香有水沉、桂花與降真，線香更方便，即插即炊出香氣，檀香尤其芳雅，已被貪圖方便的我燒罄。盤香存量還夠，先不急著補貨。

除了香，還有石。貔貅當道，虎爺正紅，我繳了大把學費，買各種貔貅手串與項鍊，老闆拍胸脯保證純銀沙金巴西水晶，我也分不出真假，乖乖掏出皮夾付帳就是了。買久了買得多了，開始想要自串自玩。諸多寶石中，摩根石與綠幽靈尤得我心，但質感和價格一樣優良的太難覓得。粉紅、白透與紫調的水晶和青金石黑曜石一樣親人，大而優潤的每粒十元起跳，那種一粒兩三元的則不知真偽，但還是先下標再說吧

——母親熱愛玉件珠物遠大於我，二十年前建國玉市就是她的祕密花園，她揚言要斷捨離，將手邊累積用不完的翠玉、硨磲、紫晶、青金、珊瑚、玉髓、琥珀、琉璃、黑曜、如意水晶、小件銀飾等等等等，總共一整大盒塞進我抽屜，連同長居美國的大姨在跳蚤市場所蒐的金珀項鍊和老玻璃珠子，我總捨不得用那些一看即知世上再也無雙的老件，要讓藏要兜售，都自感罪孽深重。

最後則是魚。養魚最費真工夫。上網訂了一大一小兩座缸，兩種魚飼料和氣泡石，去水族百貨買了打氣馬達、風管、小型過濾器、沉水馬達和號稱食用級的濾氯氨蓮蓬頭（我多麼希望它是可信的），加上一小袋雨花石。在Google上用功查檢資料，加以經過友人與水族館老闆的指點，最終放棄了打氣用品、撈掉了水草與底砂，只放幾粒雨花石與改善水質的珊瑚；一日餵食一次；出門時關閉日光燈與LED缸燈；三天換一次水，不養水也不滴硝化菌。那些在摸索階段斷氣的許多燈魚和玻璃貓，使我滿懷著殺魚兇手的罪惡感，不敢再入手淺色魚種，至今孔雀魚們都活活潑潑地竄上游下，飼料一碰到水面頃刻間被搶食而盡，唯有兩尾通體漆黑的黑皇冠，懷疑是搶食過度而撐死，其餘虹彩繽紛的魚隻們都活得還算挺好：從夜市撈回來的五尾草金魚，個頭不小，一臉見多識廣的神氣，和缸裏原本活得最長的一雙馬賽克孔雀及一尾三角燈相處得不錯——我邊刷牙邊低頭觀察，至少沒有互咬魚鰭的情狀發生。但水族館老闆苦心告誡，目前的表面和平，是因為草金魚尚幼，等到長大起來，個頭可逾一個巴掌長，並且會啃水草、吞小蝦、咬食其他魚的尾巴——一番話嚇得我連忙奔回家中，換水細察，果然前天放入的幾尾藍絲絨蝦已屍骨無存——我趕緊將孔雀們與一隻倖存的黃金米蝦撈起換缸，唯恐同類殘殺的慘劇重演無止。

此外，還擁有一尾身軀豔紅尾翼如赤焰的半月鬥魚，豢於一座球形魚缸，獨戶獨棟供在書桌上，旁鄰一面小摺疊鏡；沒有除氯沒有供氧沒有水草，魚照樣好喫好動。

半月鬥魚產自泰國，也稱泰國鬥魚，華麗如中世紀紗裙的尾鰭是其特色，又依照顏色與種類分為半月、超半月、糖果半月、雙半月等等，每一品種都美得像光中薔薇；我飼養的是一般半月，這隻半月除了體魄好，膽子也大，臉部表情尤其豐富，人一趨近，她先閃避缸後觀察幾分鐘，然後游向我鼻對著眼地盯著看，看久了竟感覺不似魚而更似貓——是故我們也喚她：阿醜，或者小醜。而玳瑁貓阿醜本尊則非常好奇這些魚的來頭，趁人不留意時溜上桌撥打小醜的缸身，或溜進浴室拍撈大缸的水面。

被我發現了沉聲喝止，貓一臉無辜狀喵喵兩聲逃離案發現場。

身周一切俱備，豐足且耽美，使我捨不得睡多睡久，即便服了五六顆各色各式安眠藥鎮靜劑，睡三四個鐘頭後必定自動醒來，醒來後，邊點菸邊打開某古典樂家的鋼琴曲或四重奏，有時是二十世紀之初的Old Jazz，配上一杯黑咖啡與一包濃菸，連續兩三小時地敲字或玩珠，肩頸痠累時便看魚。也許玩物真能喪志，現在的我胸無大志，只想要重複的平安、無虞的年歲，譬如一尾半月做出的夢，那麼細小那麼寧靜，比甚麼都更像仲夏夜月光。

百合有毒

我早已習慣你的迷人香水味／你的諾言／廉價的飄蕩在我耳邊

——〈香水〉，謝霆鋒

某一陣子，特別愛去市場買葵百合——碩大的花盤，少女舌頭般的花瓣，吐露著粉紅色的小情願，花粉豐滿，稍微偏斜便灑得遍地螢光橘粉末。要動用小掃帚去清理。

後來也喜歡聖母百合，純白如雪的花色，捧在手上總讓我想起一場加拿大邊境的大雪，香味清涼，姿態芬芳，高雅得無可妥協。

養了貓之後，朋友告誡我：百合對貓咪是有毒性的，貓喫了百合，會全身麻痺，嘔吐，嚴重者抽搐而死，不僅僅是花瓣，連花粉和葉子都含有劇毒，千萬提防。

於是，為了貓的長壽健康，那之後我為了消弭心頭偶爾的癢癢，晚晚地抱回一株小雛菊，花束水洗、晾乾之後，便是一叢蓬蓬潤潤的小星雲。一日，瞥見貓在啃那星雲的邊緣，我一時不知道該保護貓還是保護花，當下決定先拍照上傳問Google大神，拍了一張貓食白花的照片後才將貓抱開。貓此時已將爪子探入花叢，預備來場分屍解剖的大快朵頤，突然硬生生被我拖走，滿臉是老大不願意的憤懣。

從此，我再也不買百合了，興致來時就種種貓小麥草：種子先泡水半日，接著撈起、均勻撒在澎潤土上，擺在陽光下曬三天，第四天嫩綠的草芽就清晰地伸展出腰肢了。剛摘取的貓草多汁脆嫩，貓尤其愛食，五六根青青綠綠地攢在手裏，貓湊近來，一口嚼下一整把。據說，貓草利便通腸，紓壓活胃，於貓是很好的。於貓好的，於我也便是好的。

拾荒者的華麗

很久以前我就被眾人告誡：妳再這麼揀下去，屋子會爆炸的。我總說：我會整理得妥妥的——看——那裏抽屜不是還很空嗎？來人搖搖頭，嘆孺子不可教，揮揮手復出門下樓去了。

我喜歡揀東西，也不是一日兩日才養成的癖好。舉凡路上奇形怪狀的枯枝、遺落的髮夾、靜悄悄蜷在落葉之中的玩偶、白得發光的樸石、多孔彷似珊瑚的擺石、無人聞問的靜默的椅子、微微缺損的鞋櫃、完好如新的半身或全身鏡、鑰匙、傘……我都想揀回家養著、伴著，很輕很輕地告訴它們：不是你的錯。你好好的。

為了給這些尚不應該被廢棄卻已經被遺忘的物件一個棲身之處，我盤讓自己的書櫃、書桌、陽臺和牆面，剪貼過期的電影海報和演唱會明信片，用精緻的紙膠帶一片一片地排列密貼——牆上不知何人釘上的螺絲，正好可以用來掛一幅畫。我每隔幾個月便換一幅新的油畫，畫像從愛人熟睡的側臉到貓咪心無雜念凝視你的面容。我捕捉那瞬間，化記憶為油彩，在麻質的畫布上臨摹我深愛他們的證據。

早晨起來，精神未爽，常常是煙視媚行地走路，嘴角叼著香菸，眼睛逡巡著四周為人遺落的物事——一片玻璃，一只杯子，一隻不知何故落了單的拖鞋——有的我揀，有的，我並不揀。像住在頂樓鐵皮屋裏的米亞，為老段布置薄荷茶與曬乾的百香果皮，一大甕子曬在屋頂散發出靡靡媚媚的陽光香氣。在有所為與有所不為之間，城市的拾荒者自有其華麗的轉身。

遊當記

似乎快下雨了。或者天將要闇下去。

鳥啼滿耳，我踏進鞋跟磨損的拖鞋，沉重地踩過潮陰的街道。烏雲從天上幾乎下垂到水泥的凹凸處，是黑衣的巫啊將黃昏的蠱壓向大地，致予行路人幽惶的不安。

我按著Google Maps，索驥一行又一行陌生的電話號碼，室內的，手機的，有姓抑或無名，巡走一座又一座密室與街燈之間，捻響不安心的門鈴。靜與動，入與出，增與減。我尋找著，在紙頭上寫下一串串筆記：公克、價錢、折舊、揀算。我逐家逐戶地以紙以筆，在計算機上加乘計數去零，裝模作樣地紛紛計較、還價、說情與解釋。

●

這是我自願選擇的：一次時光的秤重，一段記憶的兌換，一場微不足道的交易，一齣兜售隱私的荒謬小劇場。仲夏七月，高溫燒暈了戀愛的前額葉，剛剛才從一段惡壞至極的關係裏掙脫近乎逃跑的我，踉蹌般地又遇見了男孩，一張白淨纖細、姣好如少女的面容，一頭一身黑髮黑衣如幼巫如青鴉，說話時不經意透露少許尚未被世故琢磨的純粹天真，那麼僥倖而確信，像傾盆陣雨後的一抹晴。

剛開始，我是不速之客，沒先預約便闖入E坐鎮的那間小店，半地下室的店室內獨E一人，冷氣淡淡地打在肩上，E先梳好了我的髮流，要我看向鏡子，耐心地指出這一年多我疏懶於整理的整頭凌亂參差。我盯著鏡中人，女性的邋遢早衰格外地襯映出E的年輕明媚，教我自慚形穢，幾乎心如死水。剪梳甫畢，我以貓為藉口匆匆離了場，頂著兩肩的烈日和髮屑，汗涔涔地走回剛遷入的舊公寓。

公寓裏有我全然無知的生活，以及熟稔至極的一頭小貓。貓快樂地迎接我回來，在她那雙月黃的貓眼裏，我象徵著豐潤的食物、清涼的飲水、咬舐追逐的遊戲和親愛的撫摸。我將貓攬來，輕啄她濕潤小巧的鼻尖，邊收拾兩隻箱子邊想著剛才地下室裏男孩食指撫弄我滿髮，眉間的波紋有如豔麗的異國語，想過兩遍纔去沖澡。半身鏡給了時間口錄，供出我誠實的裸身，我握起身前一雙滑膩的胸房，欲望若蝶，飄飄楚楚地停棲於心口，翅膀一收一放一攏一張。

走出浴室，我從包包撈到手機傳訊息給E，貓貼過來，獻上溫暖的腹部，我窩在那溫柔偎軟裏，窗外天色正晚晚地垂巍著初老的頸子，是人們回家的時候了，在許多地方許多人正相愛著、等候著，卸下白晝的防備疲憊，預備迎接一個可能的擁抱、一瓶冰涼的清酒、一碗煲透的米湯、一場有租借電影與爆米花的夜晚——我擁有過這樣的日子嗎？我還期待著怎樣的餘生？孤身入睡的寧靜或再一回火勢洶湧的激情？我思念起一切的不確定與無可能，啜著啤酒等待Midazolam征服不安的神經，將我推入闇夜深處。夢之中陰。

神造萬物以七日，E選取其中之四贈予我，他就是我精緻的禮物、卑微的至福、巨大的謎題。或許貓已料到，但她寧可不費事提醒我，靜靜地等待我近黎明返家後的每一次疲憊、神經質與嗒然若喪。我嘗試解讀他的情節、揭曉他砌造的謎底，逐夜逐寸研究他晶石般神祕美好的肉身，觸摸彼此內部的高音之弦、中音之管、低音之鍵，他指揮我周身各種音色、進入我譜造的核心，發出大提琴溫煦的低鳴、小號婉曲的吟哦、鋼片琴的撞擊、定音鼓的摩娑，直至抵達交響的高潮。

基於對人類的信任和親近，貓很快地接受了有E的時日，她嗅熟這名陌生訪客遍身氣味後，親親男孩的嘴體諒地繞避。當E與我往激情推進之際，貓一副冷靜而了然的表情，如不動觀音，靜凝眼前肢體纏繚的鮮豔風景。

●

長夜漫漫。我以大量的愛換取被愛的幻覺、擁抱的溫度、戀情的重量。我比寵愛貓咪更寵著E，我以豐富的想像力捕獲他話語間的線索，當男孩談起他被現實褫奪的童年，我用無限的憐愛填補我所虛構的——每一名失愛的少年必然懷抱的空虛、內心的匱乏，奢侈地購入與我的收入並不相符的豐沛物資：光滑如絲的牛皮皮鞋、質料輕暖的手製西裝、除厄招運的純銀首飾、輕暖如花瓣的羊毛圍巾——為了讓自己感覺彷彿搆得上E的美貌強壯，我勤快地打掃房間、拖地洗衣，添置嶄新的床單枕套蚊帳咖啡香菸貼身縷衣隱形眼鏡，往冰箱與抽屜塞滿男孩偏愛的冰茶泡麵餅乾，帶他去我喫過的好館子擺出家境闊裕的作派。

然而，現實並不顧我的戀愛高燒，日復一日節制且沉默地往前推進。為討男孩收到驚喜時綻放的孩童般的笑，我費盡心思照料他所需所想，將任何一份微小的細節化作可觸摸把玩的現實。白晝復黑夜，從大暑渡到初秋，我在男孩的店間清掃收整、坐等他打烊邊投寄履歷，採購菸、飯、飲水，一遍又一遍拭抹他勞動後肩背難掩的汗水和客人的碎髮。店打烊已近凌晨，E跨上他的KYMCO 125，載我同赴各家夜市尋食，或直接返回我住處，我為他脫衣擦身，逐寸按摩他辛勤鎮日的痠疼腰腿、安撫應付來客而緊繃的肩頸。

更靠近秋天一點，我不得不必要地偶爾離開E身邊。脫離職場與社會正整兩年，面試新職並不順利，次次懷抱著希望又落空，隨著時間推移，存款簿裏的數字步步迫近，我左思右想，緩不濟急，於是解開了桌下那只置放存摺的老公事包，掏出三只九九九九金牌，端詳過後，將其中一只最樸素無華的鍊上皮繩打一對活結，在E熟睡之際悄悄地鑲上他脖頸，在夢裏告訴他這是我的心，要他平安富貴。一顆金子做的心臥在E細緻的鎖骨畔緣，E醒來後喫驚地捏著冰涼的金墜子，我看在眼裏感覺安定。

為了繼續過上並不差勁的日子，我腆著顏面向前任伴侶的家人討索我曾送給她們慶生的金耳環等等；寄回來的包裹謹慎地層層纏滿膠帶，拆了又拆終於見到耳環戒指們可憐兮兮地縮在包裹最內緣。餘下兩只金牌中，我留下祖父在我出生時掛在那圓滾滾嬰兒嫩頸下、寫著我名字的那只；另一只則連同三、四只小金件，小心地包入白信封塞進外套的貼身內袋。

秋陽高懸，我趿著一雙穿了五年的舊皮鞋，淌著熱汗走遍問透整條C路上諸間掛牌銀樓。整趟路途始終提心吊膽，防賊似地避開所有陌生臉孔。C路多老宅，宅內住戶大多是白髮叔翁們，反正到了不怕人指點的年紀，儘管顫巍巍地拄著拐杖站在街頭、盯著一切路過女子瞧。我不知道他們到底瞧見甚麼，總之那目光教我緊張極了，將口袋揣得更緊，出出入入六或七扇銀樓門扉，將秤重折舊後的籌碼一筆筆記在紙上，逐家挨戶地比價還價，最後選定某一扇自誇道「絕對信賴！老字號！」一派自豪的暗色玻璃門，深呼吸挺肩推門而入，一進門便倒背數學公式似地，滿口南部老家要湊款蓋樓如何如何，總之千萬不能教人窺出半分心虛。老闆倒是完全不理會我虛張聲勢的編故事，一逕專心埋頭敲打計算機，重複算數五分鐘後將數字寫在收據上遞給我。我點點頭，再多要了一個零頭，終於甘心遞出信封、送進防彈玻璃窗底下那道縫隙，同時從窗後快快接過碧綠的新鈔，半根指頭都不必觸及。

●

像是快下雨了。或者又接近了下一個黃昏。

我從不讓E知道真相——關於愛情裏的供奉與獻祭，那是我的失控，不是他的。至於自己曾逼近何種程度的窘迫，又曾怎麼樣地因袋內拮据而暗自驚慌，也全都是我一人獨掌的運鏡，甘願繳上權柄，奉他為肉身天使。

為了獲得再一回嶄新如春草的愛與被愛，我感覺並未犧牲太多。男孩不是無謂浪擲的那類人，他有一副多溫存多可愛多踏實的心腸，我親眼見證。時間過得很快，冬天挾以冷雨以濃霧踱步而來，我們在床榻鋪上一層厚暖電毯，將蠶絲被裹緊身體擁抱取暖，品嘗肌膚磨蹭時靜電乾燥的刺激。在意識落入深遂黑暗的睡眠幽谷之前，E問我，不如結婚吧？好啊。有甚麼不好的？我反問道。兩個問號像一對嘴唇，抿著笑親親眼睫毛睡覺。

在睡夢的道途上，我們牽著手在棉磚絲瓦砌造的街屋裏暫且分別，諸夢沒頂以前，我惦起餘下那只鐫著我名字的九九九九金牌，想想哪一天得空該再攜去銀樓秤了，那遭過磅的不過是早逝的祖父的虛影、是稚齡的我從家族相片汲取的幻覺。名字不過是被時間遺落的一塊待琢磨的粗石，但戀人的語言是無邊華美的煉金術，將過往與未來鍛熔為光燦的液體；我仰頸飲盡，方知曉那是跋涉過這一段好壞曖昧的人生之河時、嵌進腳底纔偶然拾得的金箔玉粒。

（本作獲二〇二〇年第四十一屆時報文學獎）

夜遊者

夜晚是獨屬於某一族類的季節，迥異於明晃晃地映亮每根白髮絲的晝陽。從雨春、溽夏、燥秋一路行至深冬，每當天色變幻為徹底的無，這樣的時刻，彷彿便啟動了某個不被記載於驚蟄及白露的節氣曆法，而僅僅為了度過這麼特別的時刻，我們選擇漫遊者的度日模型，大而無畏地晝寢，爾後無謂世事地夜遊。

夜遊，應該是隨機的輕盈的遊蕩，是去街上散一趟或許路程不長但腳程絕對得猶豫且緩慢的步。那絕非雙手捧著物慾而湊趣的逛蕩，湊一場他人空描畫的熱鬧。或許有人以為夜遊大概差不多是下班後鬆開領帶，去夜市找間便宜攤店，要一杯冰透的啤酒配鮮烤大蝦、再射幾支飛鏢氣球如此而已——無可否認的是，對於現實日常而言，逛夜市與逛百貨公司同等必要，但絕對都是日常的平庸，放蕩，以及無盡的細瑣的平庸。

我不喜歡百貨公司，即使在夜間，那亮得灼傷眼球的燈照總讓我感覺全身要燒成資本主義壓輾的泥灰；至於夜市，說來可笑，談戀愛時到了某個階段，該去的地點都去過了，無處可去也懶得想新主意，所以幾乎每次約會都以夜市作結——從新店逛到永和逛到中和逛到士林逛到通化街迪化街寧夏路，這般頻繁地走市穿巷，卻總也想不起來究竟見識過甚麼了不起的風光。頂多撈金魚或打彈珠烤香腸等等庶民的小確幸而已。

臺北各間夜市全都以小食知名，各處有各處自豪的，士林的藥燉排骨和寬大雞排、樂華的麻油雞和老牌滷味、西門的石頭火鍋和不打烊熱炒、通化的整路名種幼貓幼犬無辜地扒著玻璃窗或焦慮地籠中踏步。然而，最深刻的進食印象，是曾被某任男伴懵頭懵腦地領去一間位於死巷弄口的滷肉飯攤，那攤子又窄小又偏僻又髒亂，攤主是一對手腳笨拙的母女，我小心翼翼地蹭上一只高腳鐵凳，那地那椅那桌乃至於碗筷湯匙，皆浮著一層黏手的油光——我猜——那老得提不大動掃帚的母親，及中年微胖邊顧滷鍋邊滑手機的女兒，想必悉無潔癖惡習罷。

整整三十分鐘，我粒米未沾百無聊賴，等對方終於擦擦嘴角油光、心滿意足地擱下飯碗，我拎起包包直起腿說喫飽了吧？接著疾疾快步離去，心底想著，我的夜命怎麼會浪擲在品味如此惡俗的男人身上？

但深夜的漫遊有如未實踐的夢境的續寫。徹夜未眠的身體是張愛玲的那愛與不愛的愛憎之表，即使像她說的，畫中人的腳下總踩著一條棕色粗線，是踏在土上或地板上的，但背叛了晝日的人總離地半寸，像被刻意抹去的暈糊的線痕，任憑行路之人，如何專心致志地維持步伐穩當，依然觸不到這世界薄脆如糖衣的表面。

但夜遊者注定無形無重量，不過是時間遺落的幽魂、石磚的回音，妳安安靜靜聽著舒伯特的未竟的斷章，將心臟裝進耳機，聽Pavel Haas Quartet清清淡淡地演奏Quartettsatz No. 12 in c minor, D. 703。妳不懂那未竟的中斷，但私心愛慕那多稜多刺的挫敗。億萬種形狀、色澤、表情、重量的失敗紛自飄浮於闇夜的微光裏，像蜉蝣的影子。影子無情，無肉無心，又想起張愛玲那樣卑微地自我鼓舞——「我強烈地感到我在做錯事，雖然不知道做甚麼才對。能在禮拜堂外的草坪上走走也好。……其實也就是我一度渴望過的輪迴轉世投胎，經歷各種生活。」

事實是——夜遊的人豈非老是覺得自己某處出了錯？眼球因畏光而疼痛，每一寸肉身無時無刻不感覺著鈍腐的速度，敗壞逼近敗德，想成為任何的甚麼，卻也甚麼也不能做。

於是只能聽那旗袍女子的話，出去走走罷。在天光微啟的前一刻，趿上拖鞋穿著最邋舊的T恤，噠噠地敲擊著老朽的水泥樓梯，好像妳的屋子底下有一面鼓，而妳是不合時宜的槌。「在生命的兩端，一個人就是他的歲數。」在晝夜的兩端，甚麼又將成就我們光榮的衰弱？指針指喻的禁忌森林？

妳感覺氣力已用罄，點滴不賸，妳只能坐下，或者棄守今晚的夜遊悲劇。在這條路上唯一一間釣娃娃店，在燈火通明的毛茸玩偶藍牙音響盜版公仔甚而冷凍火鍋圍繞下，獃坐著抽菸，並慶幸臀邊剛好有只貼心的鋁罐，讓妳捻滅菸蒂，將逾矩的證據和陌生人的心計融構為同一具身體。

妳有心無心地思考著：那猶如蓮蓬灑落露水的微弱夜光，究竟來自哪裏呢？——

許多時候，大抵是未熄滅的別人家的夜燈罷，即便我們知曉，那家人亮燈的緣故不過為了驅散長夜的寂寞，甚至是防備著任何黑暗所象徵的未知與不可知，但對夜遊者而言，那光度猶如一點微薄的善良，描繪出我們雙腳摸索探測的街道的輪廓，經常，一尾碩大如貓的灰色溝鼠從角落竄出，那銳利的尾巴差一點點便將你我的腳踝掃出血痕，那像隱喻一樣尖銳，像寂寞一樣狡黠，像黎明一樣骯髒。

早晨的強光正式通過鎢絲之前，我們必須為太陽迴避。我不知道自己遊蕩了多久多晚多暗多險，我僅僅曉得：隻身在夜色亦墮落的這一座無人的空城——僅僅是無聊到極點的人，擁有的唯一一項奢美的娛樂。

我們僅需維持清醒，或許也能夠在闇處的巷尾不落淚地痛哭一場。

輯三　離聚書

貓在之地

壹

妳幾乎記不得了，當貓在這裏之前，妳是怎麼存在的。回過神來，貓已在此處安身，在腳踝旁，在妳身後，在迷糊曖昧的失語之夢與半醒半寐的中陰地帶，靜好安嚯地啜著妳供給的食水和空調。

那是一間僅供獨身者容身的小房：除去一張雙人床，還能轉身來回走上五六步的大小。拼鋪平整的木地板、一臺小冰箱、一座單人衣櫃；約莫半坪的浴室尤其洩漏了某種細膩的侷促：一道壓克力摺疊門將如廁與淋浴功能隔分兩處，浴室角落略含委屈地蹲著一臺洗衣機，其上架著一支塑膠桿，以供掛晾私密衣物。

妳商請房東搬走冗贅的單人沙發座，騰出的空間足可擺進一張傷瘢駁雜的和室桌。鋪兩張軟墊充當椅子，妳打算就著這張桌寫字、讀書和喫飯。桌上的銀色Lenovo筆電空冷著一張臉，漫不經心地掂量著周圍的處境，等待妳做些甚麼。

然而，妳甚麼都沒有做。唯一一扇對外窗緊鄰著床腳，時近暮冥，黯冥的街光娉婷而傲慢地步經妳所居賃的巷尾。妳獨自蜷身房內，天色召喚著一寸比一寸更深的黑暗。萬物皆蒙塵。塵埃是際遇的隱喻，指涉著妳所知曉的、無可挽回的失落，以及所有的無可預言。

簡單清掃過後，妳在腦裏速寫一幅眼前的生計草圖：沒有職業，沒有青春，沒有可供描畫的大好來日——這就是妳必須勉力維持的全部。

當妳握膝而眠，彼時窗光將滅。

搬家的時候，妳窩在卡車的副駕駛座，忍耐冷氣與汗水混雜的濁風。搬家大哥輕描淡寫地說：分手啦？

妳沒答話，他亦無話。這讓妳感到些微地僥倖。潦倒之人往往經不起一句平凡無奇的提問。

找到這間套房也是僥倖。和T去戶政事務所簽字那天，彷彿要證實甚麼似地，漫天晴空不見一絲雲絮，藍得教人眼球發疼。

手續比意料中更迅速地辦妥。不到十分鐘，你們已正式成為毫不相干的陌路人。陽光普照，公平地分配給命運的個體戶，仲夏的高溫燒得臉頰膀背灼灼地發光。

T說，合照一張吧，作為紀念。

妳不明白，此刻究竟有甚麼值得留念？但數年下來，妳已被馴化為服從指令的毛獸。T蹲在路邊，一手持菸，另一手擒著手機滑開FB敏捷地構篇揀字。十五分鐘後，他將手機送到妳鼻尖，要妳逐行細讀、嘆服那精緻的措辭和縝密的行文，文末並附贈兩人笑意盈盈的自拍。

妳瞄了幾眼那篇聲色俱佳的聲明，T的文筆一向動情且暗藏機關，像一場老練的舞劇。不知內情之人，一旦觸及那精心設計的煽情，便如陷落流沙般墜入那催情的幻術。

三日後，妳搬出T戍駐的公寓，獨身徙入J街五十巷的小室。

貳

決定要有貓，便有了貓。

想要貓的念頭很久很久前便埋進腦海，抱著壓著倚著前後十多年，幾乎搵出苔來——或顧慮住屋太窄，或擔心房東不樂意，或許更可能因為深知自己粗魯粗心，懼怕自己會弄擰了捏壞了那毛活活軟融融的小生物——說到底，我所擔憂的僅是自身的無能和軟弱。

友人知道我開始獨居，便熱心地介紹一位中途女士。FB加為好友後，手機裏迅速滿溢各小貓的照片：火橙橘牡丹白子夜黑，每頭小貓各擁斑斕，或靜或躍地在螢幕上咬耳歡騰。而我一眼便見到她：一團小小髒髒的毛球，怯怯地縮在籠子角落，一隻耳尖被剪去一截，更顯得楚楚可憐；顏色駁雜的一張小臉，五官還不大具體，鑲在貓臉上一雙銘黃色的靈亮圓眼，難以抑制地傾訴著宿命的哀愁和悲懼。那瞬間我已明白：她是對的。

貓還太小，剛被抓獲就結了紮。在熟諳吸吮、踏摸與毛茸茸的玩耍撲咬之前，她先接受了針頭與刀刃。痛與血，遠遠地先於愛而發生。

我在房裏布置了一小隅有清水鮮肉的乳蜜之地：貓砂，食碗，罐頭，零食，逗貓棒，睡毯，附帶磨爪板的小紙屋……我翻閱各家網頁、攻讀新手需知、滑行於一座又一座的貓物迷宮、細挑精揀每樣所需之物。快遞員從四面八方前來，門鈴接連不斷地響徹走廊，門縫間塞進一件件待候簽署的包裹。我勤快地拆封分類、組裝安置，在小室裏搭建一座迷你的貓咪伊甸：屋中之屋。我因而感到某種創世的歡足。

萬事俱足，只欠小貓。溽暑之初，中途女士從南部驅車北來，車身後座載著一群貓貓犬犬，她俐落地從成堆的籠子裏揀出正確的那隻，快步蹬上樓梯，一開籠門，貓身手如輕煙迅捷飄進床底最僻角，任憑如何呼喚也不動搖。

啊，貓都是這樣，給她一些時間，多跟她說話，她就會出來了。中途女士樂觀地宣告。

貓堅守床底，一方暗影裏僅透露一雙月黃月黃的圓眼瞳。我將食水放在床沿，半夜醒來抽菸順便察看進展，碗內分量逐日減少些許，是貓趁我熟睡時躡聲吞食的證據。碗將見底之際我便補糧給水，如此三晝夜，第四日凌晨，睡夢中彷彿聽聞有貓哀哭，我勉強撐起安眠藥薰暈的神智，依聲尋去，發現小貓困在洗衣機後方與牆壁之間的狹窄空隙，大概是去浴室撥完貓砂後，好奇而鑽身進去卻無路可退，嗚嗚咽咽地哭叫了好一陣子。我伸長手臂撈貓，一邊哄道不怕不怕，我來救妳。貓身極輕，單掌便可輕易捧起。貓一脫身，立即竄進床底，我俯身就床，凝視她眼底的惶惑和困窘，沒來由地開始掉眼淚，鹹水從眼角橫越臉龐，濡濕我臉肉貼抵的一小塊地板。我聽見自己輕聲說：我絕對不會離開妳。

闇夜裏，我遞出的承諾彷若巨人的裸心。貓還清醒，我復沉沉睡去。隔日，貓開始漸次而緩慢地靠近，一次一個貓步的距離：先是從床底探出頭頸、鼻口埋進食碗、小心翼翼地咀嚼肉糧，食畢即速速躲回原處。再隔兩日，貓遂願意短暫現身、當著我面前貪貪愛愛地嚼肉舔水、貓耳敏銳地轉動、衛星般謹慎探測周遭各類微細聲光。不足兩週，貓已熟諳地追逐逗貓棒的五彩羽尾，大膽而歡快地在床、桌、地等各種平面之間橫衝直躍，像一隻初學飛的興奮小燕。每晚，我將玩興未盡的貓抱起、將她置放枕邊、輕拍她、撫摸她、吻她那黑如夜豹的小鼻尖。之後，貓便習慣了隨枕而眠，常在我將睡未睡之際，貓大無畏地跳上枕頭、踩痛我的散髮、修長的前肢置放於枕側、挨著耳畔輕微地起伏呼嚕。

沉默滯重的睡意掩蓋房間的輪廓。人與貓於此暫且分別，遁返各自的黑甜鄉，直至天光盛放。

參

妳原本以為，妳將和貓度過這個餘夏，迎接往後每一個早熟的金秋白露、霜降驚蟄，在天光搬移窗影的漫漫時日，隨雲蔭和樹影一同緩慢地挪移、吐息，仰面漂浮於時光的河流，直到河水靜止下來，一切沉落，迎納妳倆的，是時間盡頭那無垠的寂寥。

但在抵達盡處之前，妳和貓還有很長一段路要走：妳得設法養活自己並同時供養貓——妳可以連日僅飲咖啡服藥片而不攝食，唯獨菸和房租得隨時攢足；而貓正處於旺盛的成長階段，像紫藤花或日日春般罔顧節制地瘋長，餐餐肉罐拌乾糧，貓埋頭掃食，一刻鐘不到碗便見底。妳上網瀏覽眾家說法，天底下養貓人何其多，每串心得交流文章皆包藏無數肥大細節，令人眼暈。妳轉而求教於身邊貓友，友人們熱情細數長年精淬火鍊的貓咪經，妳虛心記取建議、歸納重點，掂量口袋深度，最後鎖定某幾家品質穩定價格合理的貓糧廠牌。貓易罹腎病，關鍵在飲水量，妳上網訂了一臺噴泉飲水器，器皿中央綻放一朵塑料綠花，花瓣尖端源源流淌清水，貓嗅了半晌，隨即愉快地低頭啜水。飲水器得定月更換濾芯，雖不貴但也添一筆開銷。任何工作找妳，妳無心議價、一概應承。房東對妳的菸和貓佯裝不知情，妳對此心存僥倖，妳想維持這間房，與房內如隱身密林深處般安靜簡樸的生活，這樣的平靜一旦失衡，妳與貓將流離失所。

此時，T卻主動來尋妳：他瘋狂敲LINE，一通又一通未接來電，哀訴著他如何為妳狠心遺棄了那名專心戀慕他的女孩。妳向來怯於拒絕T，妳習慣了他那麼嚴厲地鍛鍊妳、檢驗妳、鞭驅妳、一再一再口口聲聲要妳成為比妳自己更好的人。妳本性軟弱，擋不住這般輝煌的期望，於是妳逃跑，逃進那些奉妳為繆思的巧言軟語裏，享用他人的仰慕和奉承，儘管妳心底清明，望進匱乏的深谷，鏡花風景乃是虛無。

這不過是一場策劃縝密的遊戲：T是急躁的獵人，妳是匿藏的狡兔，反覆掘索虛假的安樂窟。妳畢竟鬆開門鎖讓T進屋，眼見以往諳於長篇訓誨、高高在上的T竟低下身段，甚至承諾不計較妳的背叛。妳感到巨大的虛榮更甚於未竟的舊情，T說他要照顧妳和貓，說你們會幸福快樂，會併肩度越難關。妳相信了，像過去無數次般地將T的煉金話術奉為圭臬，妳為此畢生難獲的柔軟和謙卑而心動，以為這一回的承諾會持久會永恆。妳以為自己重獲生機，值得重返賭桌擲下一注，博得贖罪與扭轉敗局的籌碼。

妳向來善於把握機會，卻不懂得分辨真偽。五十巷的租約到期，妳攜著貓返回半年前妳走出的那扇門。T正在門內等候。

行動，有時意味著妳正不假思索地走向某個煉獄，而重複的行動則指向命運自身的低賤與怯懦。妳犯過無數謬誤，做過無數荒誕的決定，但那錯誤裏必定包藏著某些意涵，近乎預言，是彼時陷溺在矛盾與孤獨中的妳無能參透的謎偈與計算。很快地，妳清楚自己再一回鑄下大錯，不足一個月，T便曝現出他勉強壓抑的忿怨——妳熟悉不過的那些憤怒、暴吼、辱蔑和瘀傷，如預言般無情重演。妳是愚昧的演員，身在戲中卻對腳本一無所知。妳認錯痛哭、跪地匍匐、哀求寬恕。妳踩碎所賸無幾的顏面，用自尊拖延凌遲的時間。T事不關己地抽菸，待妳面俯貼地，精疲力盡，他復冷冷地現身：都是妳的錯，賤人。

妳很累了，想休息了。妳偏安於風暴後的寧靜，躡聲去到另一端遠離臥室的隔間，用盡力氣拉上門扉便沉沉墮入無夢的黑暗。妳仍願意苟且、再度嘗試，並再度一敗塗地。每一回的失敗，皆比前一回更癡苦更醜陋更慘烈，模式都是重複再重複的戲碼：先是惡言惡語地針鋒往返，然後按捺不住地掌摑足踹，拽緊對方的頭髮、朝彼此臉上噴灑唾沫，糾纏扭打到最末不得不如一對疲憊的拳手，背靠著背，狼狽地吞喘著粗氣。

這一切發生時貓都在場，貓蹲踞牆邊或躲進櫃角，張著月黃的圓眼，眼底是無邪的探問和疑慮。妳不知道貓是否曉得自己見證了甚麼——嗔恚無忍，愚癡無明，此皆遠遠超出貓所能理解或在意的事。

妳和貓同時學會了等待，等待盛怒的風暴橫掃大地，將眼前一切破壞殆盡，最終賦歸死般的沉靜。

某些時候，妳因疼痛而蜷縮腰身、亂髮散地、肌骨各處仍續演著激烈撕扯後的幻痛。貓會悄悄地靠近，濕潤的鼻頭細細嗅聞妳的臉龐，彷彿數算著那乾涸的污汗與淚漬。她顫動著細長的鬍鬚，向妳發問：妳受傷了，妳為甚麼受傷？

那些時刻，淚汗蒸發後黏附於皮膚的鹽晶，於貓而言，那酸澀的鹹味，應是辨指妳存在的記號。

貓不理解，亦不過問，更毋責難。唯因貓在，妳感覺尚有一絲生而為人的資格。

肆

再度逃亡，這回仍舊是屬於妳一個人的流徙。T按例逐日地翻察妳手機，看見妳與他厭惡的某作者閒聊寫作情事的私訊，暴跳如雷地趕妳搬離。龐大的Déjà Vu——事態重演恰如去年夏日前，辦定離婚後，T說妳水性楊花，必然身染花柳，他篤定指認妳為賊，數年來不斷竊取他的才華他的財物他的青春他的好名譽，限令妳三日內搬離。妳帶著簡單的換洗衣物倉促入住廉價旅社，徹夜瀏覽租屋網站撥打號碼約人看屋，而T如往常安適地採取守勢，不動明王般戍衛著你們共同購藏的數百冊書籍、畫家朋友題贈的版畫、三座妳釘搭組架的原木書架、妳替T趁折扣網購的四十八吋液晶螢幕和雙人沙發。時限緊迫，妳速速約了搬家公司，一邊提防著T隨時爆流的怒火一邊匆匆收拾了幾隻箱子，箱裏是妳反覆思量實在割捨不下而偷渡的小說詩集，上覆以雜物遮掩；要好的朋友贈的禮物，羊毛圍巾或琉璃珍珠的繁多首飾，想必遺漏了大半，妳無餘裕去逐件翻找；另還有一床母親拿來的蠶絲被，及一袋貓的用具物什。

T步出房門，如修羅從雲端向凡間宣示貓屬於他。他聲稱自己比妳更有資格擁有貓——縱使他連貓慣喫哪牌糧食也不瞭解，更未曾清理貓砂和貓的嘔吐物。

為了貓的歸屬，你們起了激烈的爭奪——那是你們之間最後一場戰役：妳力氣不足，抵不過T將妳壓在地上捶打變形，妳奮力掙扎，亂揮手臂、攫住手邊所有能觸及的物器，朝向迎身而來的威脅捶打、抵抗、廝殺到底。

妳記得自己嘶聲吶吼：我甚麼都不要，把貓給我，不然現在就死在一起！

T一跛一跛地起身，妳不知道他腹內生出了何等新盤算——也許僅僅單純懼怕妳的瘋狂，也許他也對這場拖沓的壞戲感到無可著力的倦怠——教妳意外地，T妥協了，妳和貓獲允離去，自此各分東西，一乾二淨。

隔天一早，行囊悉數搬上貨車後廂，妳抱著貓籠蹬入搬家大哥身旁的座椅，像負傷的獸終於掙脫陷阱的窄閾。輪身顛簸，越過如流的人車。妳看向窗外，又一個燠熱之夏，炙膚的烈陽抹平了街屋凹凸的輪廓，日光輝耀，地表一片白茫，恍惚間竟有置身大雪的錯覺。

伍

行路難，難如遷新居，窮途莫食首陽蕨。我迂迴探訪過數間屋樓，還是選擇了C路上某座老舊公寓的五樓套房。我已提前擦地抹床一番，幸虧貓適應力極好，一出籠便繞磨著紙箱邊角，好奇地嗅聞翻觸。我將衣物書冊等物項分類安頓、褪開包覆床墊的塑膠套、鋪定新購的薄褥和睡枕，貓在各種陌生的氣味和皺褶間尋妥位置，蜷抱起毛茸茸的手腳閉目臥定。

我不再思及未來。我渴望寧靜，渴望得太久太久。按時逐日，我像一名孤僻的守林人擁護著四壁的月色，在溢滿沉默的室內剝開啤酒、配藥與菸，數坪大的空間裏僅有擦燃火光的微響。

深夜，貓悄聲暱進被窩，貼著腰腿一帶溫熱著我冰涼的肌膚，我伸手觸摸她細緻的頸項、光滑的背脊、強健的長尾，感受著無可比擬的安逸的孤獨。

偶爾，半夜被貓鬚撓醒，睜眼望見貓貼近我臉面專注地凝視，眼底有雲露散盡後的星色。此刻，她僅是專心一意地以眼以鼻證實我的存在，就連我夜夜鍛造的惡腐四溢的夢境，貓亦敏銳窺知且阻斷了那惡的延續。

我從夢的狹縫勉強擠出意識，返回貓所在的天際微亮的現實。我寧可相信那是貓獨獨向我懷抱的善意——縱使，也可能是提醒人類注水添糧的溫和呼喚。

夏日尚餘下許多無用的光陰，日子倏然間涼淡下來。長夏靜閒，我削短了頭髮，帶貓剪短指甲，夜復一夜地隨貓眠醒。貓是常睏的，夏末打過第二劑預防針，貓的毛羽更加豐潤起來，眼畔的毛紋深邃著松果的棕褐。翻開筆電敲斟文字時，貓喜歡跳上鍵盤，尾尖掃蕩桌面餘物，逐句舐辨蒼白的螢幕上，每一行我潦草記寫、刪剪復添潤的往昔之傷。

我很少再想起T。即便在無出路的夢的迷廊裏，我反覆背著惘惘的威脅與恐懼，毫無頭緒地摸索正確的逃生途徑。

然而，無論多煎煉的夢劇終會落幕，閉眼觸及貓在身畔，安心地知曉自己已遠離了那一座煉獄劇場。讓未癒合的傷繼續流血吧，某日污血滌盡，無色之雨便將蒞臨。

雨落下時，秋天也將來了，也許祂會偶然地駐步於貓和我的屋前，贈落一葉槭紅的隱語。

情斷KTV

身在KTV的那些時光，有的是格外教人耽溺於傷心的時刻。昏暗的包廂裏，煙雲繚繞，酒瓶疊得如小丘，妳便感覺自己要爬過山巒突圍雲霧，纔能夠抵達一種看破塵囂的情態。

而往往是歌樂太催情，一不小心便迸出哭音。譬如妳第一首總會點王菲的歌，〈迷魂記〉。妳其實不會粵語，但每個字的發音妳都用力記取，不知道林夕抱著甚麼樣的心迷神醉而寫下「怕甚麼？怕愛人，扶住情感，得到禮品總會敏感」，妳並不害怕，人間無常，滄海桑田，妳也算有一點點經歷。妳轉換真假音，怕甚麼一個莫大的問號，看起來像是針對同處一室的戀人，或者其實嚴厲地詰問以往那個怯懦而莽撞的自己。

妳不諳臺語，從小到大臺語入口就無法輪轉，但茄子蛋的〈浪流連〉和滅火器的〈晚安臺灣〉卻唱得有滋有味，每個字音每處轉音都是硬背強記而來，唱歌之時必定同時要抽菸，將那磨蝕後的菸嗓炊得淋漓火燙。妳喜歡高捷和吳朋奉的江湖氣口，喜歡愛一個人而不可得諸如此類小情小愛，但從「這個風風雨雨的社會，欲安怎開花，少年家怎樣落地」唱到「願你順遂，臺灣」，歌音落幕之時妳幾乎落下淚來，巨大而深沉的愛壓倒性地君臨妳，妳握著胸口想著一切深愛之物：島嶼，土地，名字和夜晚。

妳嗓子高而輕，優勢是頗善轉音與高音，但不諳較低沉的聲調，故總是嵌不進男歌的right key。妳也不抗拒一個人唱陳奕迅和王菲的〈因為愛情〉，而陳奕迅的key總是飄遊身周，任妳如何調動聲帶也撈不到觸不著。奇怪地，昊恩家家的〈不自由〉也許因為悠慢長靜，能容納妳恰恰好轉音換調，一人同飾兩角。而謝霆鋒的〈潛龍勿用〉妳每每博得高分；當信飆瘋嘶吼著火燒的寂寞，冷凍的沉默，妳完全從容自如地跟緊那撕裂心肺痛徹轉折，也許這正是妳偏心悲歌的原因，悲催的情歌唱到高亢斷魂處，尤其使妳感覺自己歷練過幾度轉世，輪迴過幾回心就破碎過幾回。妳不是A-Mei粉，但〈每個人都心碎〉和〈人質〉是必點之曲，前者讓妳胸懷悲憫，欲以高音渡眾生；後者讓妳想起數個前任，那牽牽手散散步的愛情到頭來變質為緊掐喉頭的死結，最後一次感情分外拖沓而撕扯，想起來除了悔還有恨——也許怨恨占得更多些，妳咬出的每個字嘶出的每個音都是子彈，射往那已然空無一物的關係的煙硝場。

莫文蔚〈他不愛我〉是傷心人的經典，悲情者的圭臬，妳總是唱得透徹肺脾，用盡丹田周遭的肌肉轉換真假高低音階：「我看透了他的心，演的全是他和她的電影」，妳不敢置信這樣的詞句竟不是出自李宗盛之手，讓妳忘情攀上音域最高峰，想起某個曾經愛的男孩而暗自欲淚，眼淚仄逼喉嚨底端，總是唱得全身顫抖，唱完彷若死去一遭又幽幽醒轉；接著妳還點播了〈低調人生〉和〈旅行的意義〉，陳珊妮和陳綺貞從以前就是妳的青春路標，直到現在青春早已告罄，妳卻彷彿沒有放棄。緊接來一首孫燕姿〈我不難過〉，妳想妳不難過，這不算甚麼，只是為甚麼眼淚會流妳也不懂。

太多事情妳懂了卻也不懂，KTV大火後，妳想那些傷心的開心的人都已死在了暗暝，至今為了未竟的尾音遊蕩在中陰。而妳去KTV只為圖個快活，發洩十幾二十年來壓抑的怨怨懟懟，並不想擲上小命，所以妳也開始自制，迥異於以往每週唱一次通宵的氾濫貪歡，改為一或兩個月纔和戀人同往，包承一整個晚上，唱到跨越午夜直抵凌晨，輪流點歌，抽菸，佐以加了大量冰塊的Budweiser，身體喝得寒了，便點碗冒著熱煙的烏骨雞湯，一人啜去一半。KTV的雞湯不知加了甚麼祕方，香氣撲鼻口味濃醇，雞肉嫩得幾若無骨，妳用電子鍋怎麼煲也煲不出那醇香厚度。

戀人說，在認識妳之前他幾乎不唱歌，直到與妳相戀纔開始練歌，妳喜歡這個起點，彷若妳按醒了他人生的某個開關。妳也喜歡聽戀人唱陳奕迅，唱李榮浩，唱林宥嘉，唱許多芭樂但揪心的歌，一首首從浮誇到說謊到年少有為，像從少年一路唱到近中年，而唱得久了，妳見證戀人從風流的少年步入安定穩重的小中年，癯瘦的腰腹也有了可愛的小肚腩，妳唱得氣力倦乏之時，總喜歡一仰身躺在戀人的腿腹上喘氣。聽他練過幾次薛之謙〈演員〉，妳也能琅琅上口，他若忘詞或掉了調，妳便順理成章掄起Mic，接著唱「可妳曾經那麼愛我幹嘛演出細節，我該變成甚麼樣子才能配合出演」；妳愛唱王菲的〈紅豆〉，戀人聽得多了，竟也開始哼哼起來，後來更接過麥克風，高唱那纏綿的傷口，荒蕪的沙丘，他皺緊眉頭唱道：沒有甚麼會永垂不朽。妳微笑觀歌，暗暗地為那漂亮臉蛋上的皺褶而心湖蕩漾。

剛開始，戀人總唱〈缺口〉，庾澄慶無心似地隨口念念「我安靜，你囉嗦，我寵貓，你愛狗，我們間，沒有一見鍾情的藉口」，戀人為妳把歌詞改了：我愛狗，妳寵貓。彼時他還不是妳的，他為妳順口改動了歌詞，妳感動得要命，心肉揪成一團繁複線結，妳得一縷一縷地摸索來路、試探緊弛、鬆動那最內裏的硬蕊，像一枚核桃無聲地打開自己，等待被安撫和釐清。

之後他為妳停下腳步、定了下來，你們的ＫＴＶ之夜不再是僥倖的偷歡，而是日常的愉快。妳開始為他唱張懸的〈喜歡〉，在所有人事已非的景色裏，妳只喜歡他，只望著他，他修長的雙腿，精緻的肩窩線條，妳情不自禁啄吻而上，從背後擁住他身軀，感受他精實的背頸。他是妳懷裏一只溫熱柔軟的琉璃雕塑，一隻翩翩欲飛玉蝴蝶。逢嗓氣正強時妳也唱〈關於我愛你〉，「我擁有的都是僥倖啊，我失去的都是人生」，妳感受特別強烈，渾身輕微地顫抖，張懸的詞太美，不愧一世才女，那詞語的纖細觸角探進妳靈魂深處，溢滿每一撮細胞群。妳欲痛哭一場，讓情傷就此斷尾，勉強自己唱完最後一個字卻向他微笑，他亦未窺見妳心神崩裂的短暫瞬間，豎起拇指讚妳唱得好，夠入情。

唱完一夜，已近黎明，天光在雲層後隱隱地胎動，妳割斷餘情的息肉，連同飲太多而嘔出的酒液，丟棄在ＫＴＶ的包廂廁所。無罣礙故，無有恐怖，遠離顛倒夢想。你們併肩走在空蕩的夜市街頭，繞經一磊又一磊各色隔夜的餘渣，妳覺得幸福，乾淨，無所掩蔽，彷若赤嬰，沿路哼著那些悲撼寰宇的殘樂，日光羞赧地一滴滴地從雲的縫隙融進空氣，如玻璃貓魚的銀光逼迫著妳畏陽的雙眼，妳短暫地閉目避光，再睜開時，世界業已新生。

之後書

L，現在是臺北時間早晨六點四十四分。我在五點十三分的時候便醒來了，奇怪的是再也睡不進去，明明下午還有工作要跑，但此刻我內心有股衝動，極想寫信給妳。

清晨的城市是藍色的，不是鴿羽那樣清澈粉嫩的藍，而是某種晦澀的、曖昧不明的藍，青灰色的雲層背後彷彿隱藏著某種雷的預感，籠罩著每個行路之人。

我喜歡早晨，早晨讓我感覺這世界假似又擁有了某種平等。每個剛剛脫離睡夢的人都是一樣的：頭髮凌亂、眼神渙散、腹內空洞而情緒不佳。看那些走在街上的人們就知曉幾分：他們或拎著紅白塑膠袋，袋內裝著油膩的廉價餐點，或夾雜一兩包長壽牌香菸，穿著破舊的汗衫短褲、趿著拖鞋，雙眼迷濛著平庸的夢境的遺緒。

班雅明說，「早晨不要空著肚子說夢。在這種狀態下，醒來的人實際上仍然處於夢的魔力之中。」每個重複醒轉的早晨，在飲下一大杯冰咖啡和吞食尼古丁之前，我也總掙扎於擺脫那轉眼成舊的夢的殘片，它將我往某個方位拉扯，心思脫離肉體飄遊虛空，彷彿睜著眼睛在自己體內逡巡般地夢遊。

我此生注定是夜夜多夢之人，夜復一夜的造夢者，那些夢境已然無可言詮，像海邊的篝火，燃燒完畢後再不具有本來意義。那些光焰與熱風、彼此追逐的焰舌，儀式結束後，一切燦美恐怖皆成空無。

像我們這樣的人，總是做著某個大夢，像私密的織衣揣在懷裏，僅偶爾和信得過的人淺淺淡淡地提起。年輕時，我們夢想著年少成名，等到多年的嘗試以後，我們仍舊心懷失敗而不由衷地嚮往著功成名就。像我們這種人只能不斷地不斷地寫字，要把臟腑血骨都嘔出來化成文字，讓世人看見——但他們究竟看見了甚麼？這一點我和妳都沒有把握。我們只知道自己體內有一朵碩大夏花，幾乎占滿骨骼間的每處縫隙，當那花恣意無忌憚地兀自開放，妳亦無把握如何掌控那馥郁毒香。

妳離開的時候已是冬天，十一月的色澤如凋萎的鳶尾，空餘一份美麗的幻覺。我整整昏睡了三個晝夜，不食不飲，貓在我腳踝旁打著圈子，我只是將自己深深地沉放於床枕，偶爾行屍走肉般起身餵貓、添水，恍恍惚惚地抽著菸，然後便又昏昏睡去。

我不知道要怎麼樣自己才能活得過妳。初識妳的時候，妳相對豐滿而我極度癯瘦，但那時我便知道妳已病了，即便妳青絲披肩、面頰潮紅，一雙水靈透亮的貓眼總朝這混濁之城斜乜以對。後來，我們曾一起去過大稻埕霞海城隍廟，那時妳身形已削減了好幾分，穿著素白T恤牛仔長褲灰球鞋，像一片被風忘記捲走的葉子，輕輕盈盈地落到我面前——那是六月或七月罷——總之是蟬鳴綿延的夏天，我們頂著炙陽一路從捷運站步行走去，大廟飛簷，堂宇之中神祇低眼，慈悲俯身向芸芸蟻生，妳在巨大的燦金神身之前垂頸合掌，無聲默念良久良久。我則在平安符攤位前流連，挑了好幾只不同款色的符包：櫻紅赤金豔桃盈盈握在手心，好像便擁有了健康財富與愛情——L，我猜你仍舊心懷愛意，向著某人——或者純粹向這紛麗又荒蕪的滾伏紅塵，因為妳笑著從我手中抽走那枚桃瓣色的符繩，微微歪著頭說：「這是給我的對嗎？」

我不知該說對更不能說不對，但我該如何去想像，妳置身這般景況之下，懷中尚且猶抱著幾分愛的可能？

我們都做過關於愛情的長夢，那麼薄那麼軟那麼柔軟易破，像一個被吹脹得過大過圓的氣泡，朦朦朧朧地罩住了大半座城市。氣泡裏的人懵懂地走路、進食，親吻與擁抱，牽著以為將永遠牽下去的手，並著以為要永恆偎靠著的肩。但妳應該比我更早地看透了這一群瞬眼電露的傷心眾生相，和一路行來磕磕絆絆的顛倒夢想。妳應該是置身氣泡之外者，一心清明剔透如冰石如水玉，但妳從未返身背對一切，而是一往無前地投身浪波間，多麼無謂又近乎無畏。我想我和妳最大的不同，就是我沒有妳的勇敢——在這世界離棄妳之前，把自己先行抹去刮除的那股勇氣——換言之，我無法對自己殘忍，妳卻如此懂得決絕與乾淨。

L，妳走之後，世界好像歪斜了幾寸，又似乎一步也沒有移動。黑壓壓的人群每日每日踏著長長的馬路，從城市的一端流徙至另一端，從一間房挪身至另一間房，彎著頸子不抬眼瞼地敲著鍵盤，儘管整片窗景就在他們眼前毫無防備地展開……我領來的小貓常蹲在窗沿看風、看樹，看午後的光影如何緩緩地洗過一整條乏人的闤陌。有時在失眠的深夜，心緒千迴萬纏，滑開手機看見妳在訊息列表中閃著上線的亮光，反覆厮磨語詞之後卻仍僅僅敲出「最近好一些嗎？」妳總是淡淡地說道自己好多了，快要好起來了，我也就真的這麼相信了，即使我從頭到尾，全然都是錯的。

妳離開之前的那段時日，你將自己密密地縫成一只口袋，所有的病鬱糾愁全都鎖起不讓人窺聽，唯有當妳願意時方才從口袋中稍稍探出頭，像一尾靜黠的貓咪，露出一雙靈靈眼瞳咪嗚而來，比如去年秋天我們約在咖啡廳碰面，妳變得更瘦更薄像一紙玉蘭花瓣裁壓的人形，我想起妳養的白肚虎斑貓，經常在IG上看見牠蓬毛袒腹、瞇眼沐陽的無憂身影，但總感覺一旦問起了貓就等於在問身後事，遂聊些日常的牢騷話，描點著那永無指望到臨的模樣完整的感情生活。「沒有愛我沒辦法寫。」忘記這句話是出自誰之口了，我記得妳怨懟著語言的不可信，以及由語言的曖昧溝通的斷裂所引發的一干小情小恨，我們一邊輕蔑著數落著寫字的人，個個窮得脫褲又雞腸鳥肚，心底卻十分清楚，文字是少數我們能捲在舌底切切實實吸吮吐哺的甜蜜。若不能再寫，妳亦寧可不要再活。

原本該是一封充滿後見之明的信，並想著也許妳會好奇之後發生的事情，但我愈來愈覺得困惑且無甚可言說。我只想說從去年冬天之後，我仍舊經常地想起妳：聽歌的時候，搭車的時候，打開紗窗對著戶外柏油路的蒸騰熱氣抽菸的時候，或者，在捷運站出口碰見叫賣玉蘭花的中年婦人的時候……在濃稠如湯的夏日傍晚的空氣中，我經過那名賣玉蘭花的女子身畔，一縷特別濃郁的香氣攫住我的衣角並尾隨好一陣子，久久不能夠散去……甚至在這樣微不足道的細小的時刻裏，我依然想起妳來，大約整整一分鐘裏，我想著妳某一次輕巧拋來的彎眉和笑眼，像玉蘭花的氣息，擦肩之後又無預警地襲來，在近乎靜滯的黃昏天光下，與人們背對背地、悄悄地走散。

K路一八〇號

此刻，我仍舊不全然明白，關於該如何去描述那段時間裏所經驗的生活。我害怕著，一旦拉開記憶的密抽，便會陷入無可理喻亦無法徒手整理的、黑暗的陷阱。那是我親手布設的樊籠，狡猾的機關，而鎖定獵捕的對象僅是自己。

兩年又四個月，我置身K路一八〇號。每天近正午時分，我從租賃的公寓拐進人流火熱的C地巷路，滑入捷運站的喉嚨。捷運路線轉兩次，每換一次車，能嗅見周圍的空氣逐漸被抽換了基調：C地那肉湯攪和零鈔汗脂的庶民息氣迅速褪去，精緻甜蜜的膏粉味與皮革的酸苦香氣竄滿鼻腔，各式昂貴香水混雜為氣味的惡靈，驅促我步履踉蹌地跌進D區街頭。

城市張眨著明眸，人面似花，燈虹明媚，夜與晝皆繁鬧如一輪金鏤的K路，如巨大而綽約的女體橫陳眼前，因即將被無數根鞋椿進入，焦焦地興奮著。

我可以感覺：當一座城市散發出興奮的信號，像一頭發情的巨熊在睡夢中焦躁地扭腰顫臀，人們於是被那夢的強烈意念給狺狺地催眠了，像徒贕軀鱗的無魂的魚群，擁挨著肩臂，游入各自的缸籠。

確切來說：一八〇號並不是一個單純的座標。它是一幢十五層的高樓，玄關櫃檯有人二十四小時戍守和收信，大樓本身歡快地敞開雙扉玻璃門，不分日夜地候你入懷。下了樓有便利商店，若轉彎截進樓旁的巷內，有便宜的鍋燒麵燒臘飯咖啡店、堪稱精細的異國料理、擠著脖子爭寵的手搖飲料攤；再拐遠些，則是藥種有限的小藥局。日珥驕耀的時候，我可以在巷弄裏採買一點飲食，酷夏的陽光忝然地曝曬柏油路面，蒸滾的熱氣使我暈眩；我踏著流沙般的步子晃回樓裏，進樓前在旁邊附設的小停車場，窩腰蜷腹像熬捧一碗火湯，恍惚而靜默地燃一根菸。

每當走赴K路一八〇號時，我經常刻意迂迴地繞路——D區是一座鑲金嵌玉的母身雕像，她的愛與溫柔由銀鈔與銅幣鎔鑄，領誘你體驗身為首都貴族的幻象。整座街區以珠鑽為骨，以綢緞為肌，幢幢華廈整齊聳立，帶著廣識眾生的雍容，接納每一雙或生怯或獵喜的眼睛，每棟麗樓都是一座對你親暱微笑的小天堂。上班前，我心懷苟且地藏身於城裏最富美的地下街，遊走在輕軟朦朧的織料迷宮和生湯熟麵的流徑之間，感受熟爛甜蜜的資本主義，如何細細地敷癒了我們的貧匱之傷。

有時候，我感覺自己的某個部分已永恆被定錨在一八〇號四樓，像一記無足輕重的標本，在記憶的福馬林液裏靜靜浮沉。這幢樓裏的各層皆各擁名姓，尤其是午餐時間與下班時段，往往難以避免在電梯門後或共用廁間，與隸屬其他樓層幾張識得臉孔打照面：八樓是一間體面明亮的文學出版社，我因公因私我有時出入於此，認識的編輯們總是神情安謐地提著餐盒與咖啡，眼神對接便省斂地笑笑。出版社對門是一家規模頗大的文化基金會，我進過那辦公室一兩次，人們像即將崩飛的機械齒輪四處竄轉。而十樓是另一間出版社，當時的社內的主編是詩人L。每一回，不管我躲去哪抽菸，一探頭總見到L悄悄地立在旁邊，癯瘦的臉頰襯托得鼻梁格外高兀，每吸一口菸，喉結隨即微微聳動，像吞嚥一粒善意但酸澀的苦藥。

每個月有固定幾天，必須在樓內待到深夜，坐在椅子上瞪著電腦等著文稿和版面跳來面前，如此這般地徹夜到天明。每個鐘頭，我可以選擇上樓或下樓透口氣，電梯數字上下跳躍，像迷途的螢火蟲不斷變換閃爍的路徑。我進入電梯，被虛空擁抱，我重複進出這機械搬動的無人密室，像出入一個個短暫的無聲之夢。

我常乘著夢抵達大樓頂端的天臺，背倚著粗礪的水泥牆面抽菸，俯視十五樓之下的臺北夜色，人車如蟻，教人幻覺自己是絕望且貧弱的王，煩苦於如何讓這世界知曉我仍深愛著它。若是週末，樓中的人們紛紛地熄燈關門，我攏著薄如意識細胞的雪紡寬襯衫，繫著絲質的長褲一遍遍地啟身旋轉，手機擱在角落定時十秒攝錄。我因極度疲累而神智迷離，旋身時揚起褲腳，揮動不存在的斷翅，意圖脫桎離梏而遁去。

那木鐐石銬，著身便如燒似燎。在K路一八〇號十五樓，困頓於所有的能夠以及不足夠，煙霧吞入腹腔，彷若燃動滿腹大火，我苦思猶疑著該怎麼若無其事地回樓，貌似正常地被含進彼處有牆椅空調有同事們玩語調笑的，現實的賸餘。

我攢著菸蒂（那也是我僅僅能握住的現實的賸餘）返樓，桌上攤放一疊疊渴待被捧讚被捏塑被整骨的文字。凌晨，撐挺著僵直屍殼如勉力一牆巍巍欲潰土石流，骨節刺痛肌肉僵硬，後腦杓如石沉滯，絞疼的眼睛燉熬文字的鐵漿，掐著眼珠反覆檢核一列列方塊字——此處漏字是作者的故意或粗心？作家的頭銜應以更輝煌者更替？出版作品是否有最新一筆沒跟進？人們衷心地注視著虛名，更勝於春天待哺的乳貓，勝於顧爾德的平均律和愛人手心張開的茉莉花，因為僅有名字能夠直接而朗聲地昭告世眾，此生長年修煉的一切高偉道行。我們死擁著名號，添加陳述，增衍注解，卻憊於檢視所有親手的署名之外，才華的闌尾正哀哀膿腫。

他人之字。他人的需求。每一則渴待回應的訊息，像萬隻蜂尾螫刺扎傷我，索求我，搜刮我。我失去分辨的本能與準則，一切理性邏輯皆告失效，最輕微的惡意與最沉重的善意，都教我呼吸緊促幾近窒息。我想，自己終究不夠格當一個編輯，也無力反覆經手卻不沾染那些遊戲的血跡，情感的油脂，才華的渣滓。身邊眾人對於我的荒唐與任性皆縱容地半閉眼睛，我在包包裏偷渡袖珍瓶裝的烈酒，其他同事埋頭校對時，我大搖大擺地蹲上黎明將啟的窗前，手肘撐著窗臺傾出半座身軀，朝樓下車影的魅靈噴出刺鼻的煙霧與酒意——每一次它們離去，都撕走一整塊血肉模糊的自由。

我怨怨地彎頸頓肘，將身體按在編輯桌上，瀏覽一篇篇我曾親口低聲卑氣寫信通話去請來討來的稿子。經過編輯逐字潤飾校對與美編的巧設彩飾，即使原本不如何出采的應酬文章，亦能換改容面好似高級午茶甜糕上的奶油螺旋。

自由的哀魂攀繞胸骨，擒掐喉嚨，宰制且大幅縮裁我以為能夠親眼見取與樂觀想像的一切。我的左手無名指箍有一圈手工鍛造純銀戒指，是當時我以為自己能達成的許諾，我以為自己能夠幸福並給予他人幸福，然而，每逢激烈的爭執場景（經常是：當我晚晚地趕著出門前，一邊急躁地穿鞋披衣、一邊承受或反擊身後擲來的利簇銳箭；或是，在深夜的編輯桌前，隔空以鍵盤為鐮鑊，翻炒尖銳燙口的怒言惡語）。不知多少次，我氣結地拔下戒指砸向牆角，腦海裏搬演某齣乾脆扔出樓外吧一乾二淨地這種瀟灑離去從此單飛的連續劇戲碼——但戲非人生，人生不過是必須一步一步袒赤著肉足踩過那炭星如毛的啟示路。於是，我最終還是低下身軀，遍地慢慢地摸尋，摸到了便心虛地套回指上。

所有巧飾的枷鎖，都是對自己俯首的軟弱，而一句句毫無自覺、僅求過關的承諾話語，是注定被踐踏成泥濘的雪。愈起新誓，愈見卑憐。

離開K路一八〇號已很久了，如今我仍不敢說自己是（或曾經是）一名編輯。我總覺得自己不過是頭盤空逡巡的禿鷹，錨定目標便狠準快俯衝而下，或軟或硬地叼著對方的軟肋，攫取幾批「請您如此如此撰文賜稿」的光鮮祭品。我是一條空蕩蕩的路，路上荒煙幻草，風景都是贗造。唯有將自己掏空，才能維持某種清冷的公平——我費盡心思寫上千封Email，莽撞闖入對方FB只為換取些許施捨的篇章，他人之字如大潮狂風，音樂性修辭性意象情感敘事借道我通過我迂迴我，無可計數的語言和語言之內那微不可見的機巧細節，徹底刮殺所有原可活動的心思和僅供存耗的力氣。

但我終究無法成為一條路，我無法忍受眾人以其自信與自恃經過我，且不時沿路看看有甚麼可隨手取用。那是極不對等的剝奪。我厭躁幾近崩潰於被種種非親非故者那偽裝成禮貌探問的控制欲求，我深深地攏住吐息，安靜而禮貌地敲出短句：「不好意思，請等等我，請等等。」

他人之字，潰敗的修行，偽飾的苦果。那果大多苦厄，但極偶爾地也能從疲煩的口袋裏掉出珍稀美妙的石榴水晶，每當這般時刻，我便感覺自己彷彿還保有某種懂人識事的直覺，無可考據地全然信任另一名（比我更厲害或更幸運的）寫字人。在文學的瘴癘之地，我們折腰蒐揀剔捨一枚比一枚更碩大更精美的珠貝，偶有不可預測的神靈現身降臨，便忘形地狂喜。

我不快樂，卻無能自拔於憂躁的泥濘，現實與非現實的泥水混融一處難以辨識，我不知道從哪裏開始是可解決的現實的困境，我自設的困頓的幻象又會到何處斂手：創作的貧乏，想像力的空洞，情感的暴戾的洪流。然而，對於他人，對於這充滿無數繁星般美妙語言而我無能偷鑿一光的世界，我矛盾地嫉恨著同時卻深深慕戀著——我明瞭這世界依舊存在著美麗的字，美麗的人，源自時間的美麗光色，美得教人看一眼就心碎。但那些全都不是我的——我為此痛苦，一想起便幾乎要哭。我躲進一日十數顆的藥殼，躲進一杯又一杯灼喉燒胃的液體，酒醒藥退的時候，我自知再無他路可供逃避。我感覺自己急遽且無止境地醜陋衰老平庸，使我不能自抑地恐懼。我將自身的敗壞指向外部現實裏一切教我分心的對象，日常的編務與家務，都成為無法不帶恨意的死因的勞動。我將自己綑成一團巨大無頭的惡瘤，理所當然地將K路一八〇號指證為那瘤的死核。我以為只要離開，一切就會變好——我會強壯，美麗健康。

離職早晨，我草草地收拾桌面、清空抽屜，把一疊疊書和雜誌塞進紙箱打包，釘在隔板上的明信片和標語貼紙都扔了，一些乾燥葉子和小玻璃罐塞進包裏隨身帶走。座位上只賸下兩年多來累積的影子——時間的影子，記憶的影子，曾被說出口的那些名字的影子，清淡如氧，下一人呼吸過就耗盡。我提著大袋小袋，走到主管桌旁出聲招呼：我走了喔。主管從筆電螢幕前抬起臉，漾開一潭幾乎誠摯的笑意，對我說：祝妳幸福。

沒有任何事物不可取代，沒有誰非得要另一個人纔有活路——捺下電梯按鈕時，我突然想起很久以前，某個人曾經對我說過這段話。但我相信嗎？我拾起一枚極輕的暗示，像揀起一片陌生的硬幣，我將那牢牢地握入手心，走出K路一八〇號。

若我們談論厭世，或者理想的生活

我愈來愈怯懦於每個不得不醒來的日子。在夢境的殘肢環伺下，不情願地睜開眼睛，撐起沉而發冷的身體赤腳走向浴室。腳底沾黏地板的冰冷濕氣，短短三五公尺的路途，每一步都是被現實時間凌遲的不甘心。

為了驅逐早晨獨有的低迷的黏膩，我盡量快速草率而隨便地處理自己，花最短的時間盥洗如廁，從椅背上撈起前天才穿過的衣服，賭氣似地踩進穿了一週的皮鞋，不挾帶任何盼望地踩進不配被期待的又一日。

辦公室的溫度總是比室外低上一截，我拿出小電毯鋪在膝腿上，一連好幾個鐘頭縮在電腦前，一封一封地敲著連篇客套贅語的Email：感謝辛苦。敬祝安祺。即候惠覆。一成不變的話術經常使我苦惱，對著螢幕皺眉思考還賸下甚麼詞彙既拘謹恰宜又不顯生疏。但網路之外寫信與收信的雙方都明瞭，彼此的問候沒必要摻和真心，卻也同時盼著一點隔空摶來的交情，端憑身分的交易或是往後的利益。我的煩惱因而是隨手揉棄的廢紙，上面寫滿了訛字。

日光燈的臉色淒慘無比，像躺在水裏死了很久的某人的情婦，蒼白而不改淫蕩。若要抽菸得經過警衛室，他們鼻尖前的螢幕更多更大，像一個不斷衍生增加的噩夢，每個人被網在裏頭而無知覺。抬頭看見懸掛在慘慘光空邊緣的太陽也不外是假的。我想著其他的人這個時候都做著甚麼呢？也許都在勤奮而目的明確地寫著甚麼吧——或至少是勤奮而目的明確地計畫去寫著甚麼吧——每個人都得到了他們耗心費力去追逐去哀求去徒手抓取的東西。而我得到了一個假太陽，在三十五歲的時候。

有時候我感覺自己幸運——我擁有一名英俊溫柔的愛人、一份每天與文字相處的工作。一間小小的安靜的房，房裏一頭黏人的常呼嚕的貓——貓夜夜等我歸來，撫摸牠光滑溫暖的毛皮，或揚起鮮豔羽尾的逗貓棒引她過癮地蹲伏撲跳。這股沒有理由的樂觀來得快消散得也快，我從來無法適應那突然來臨的寬慰，以及驟然被希望丟棄後的人生徒勞的頹喪。在少數的樂觀時刻之外，我習慣性地把自己溺進悲慘的孤獨的深井，渴想著所有暗暗渴望著而無法握進手裏的事物，滿懷膽怯地觀望並嫉妒著某種自己其實不配擁有的，純粹的生活。

我羨慕那些一輩子只做一件事的人，羨慕他們臉上那種天真的坦蕩與偏執，以及——必要去務實考量的——不需為糧水奔走操勞的境遇。我滿心地憎煩每一個將我從（僅有寫字時才打開的）筆電鍵盤上拉走的對象，抱怨著每一件因世俗需要而不能不去應付的瑣事，每當又一項得花時間花耐性去處理去溝通的事情撞到眼前，我雙手抱胸抿嘴、盡力地微笑應聲，滿腦子卻只想要一邊尖叫一邊哆嗦狂奔一頭鑽進某個深不見底黑烏烏洞穴，再不看不聽這俗不可耐的炎涼世界。

我只懂得如實描寫眼前的事物。表面看來，我可能是一個滿腦環繞著奇思謬想的人，實際上我畏懼著虛構，並防衛一切意料外的變數。我喜歡約定好的事情，例如八點在某路口碰面，去喫預訂好的餐廳，看原先便想要看的那部電影，戲票上明明白白寫著你該坐的座位號碼。

確信不移的存在教我安心，譬如石頭，樹，一個永遠躬身等候的房間——我想自己不是太有天分的人——至少應付現實並不足夠。我渴望著一間永遠掛上鎖鍊的房間，房間裏有一整盒油彩，有貓窩在剛烘好的乾淨暖和的床單上，而我能赤腳踩過印度手繡地毯，拖著長及地面的刺繡睡袍去拾一本書，像很久以前看過的忘記了名字的一部電影：男主角帶著還不確定是否相愛的女主角回到童年時住過的屋子，翌日清晨，女主角伸展修長如水鳥的雙臂雙腿，撐起一襲綴滿華麗刺繡的透明和式睡袍，娉娉搖搖地走過男人眼前，是一片無法被握取的冷淡水光。

電影的後來她隻身離去，但我亦忘記了非得離去的原因。

我們都必須離開某個地方，換取轉程的可能性，或者孤身踱回原點的場景。在一切的原處，設法阻止時間偷步。

去年，在冰天雪地裏的VT認識的人們，轉眼一年流去，各人都還在FB上各自熱鬧：纖瘦的日本女孩Maiko發來一張張在紐約Sculpture Space的照片，她的東方鵝蛋臉夾雜在一群鬈髮碧眼的西方臉孔之間笑得好燦爛；叼著一口法國腔英語的Danielle此時人在布拉格，不時拍些充滿靈視意味的照片：美術館的雕塑的局部、咖啡廳的窗景的碎片、夕陽下的河景等等；滑開IG，可以看見Catherien的木屋，屋裏有她的版畫和她先生收藏的小物小器；養著一腮鬍子、道地美國作派的Jeremy繼續端出一張張油彩塗畫的（應該是離他住家不遠的）樹林裏，各自成章的霜凍的枝椏……

整整一年過去，闔上眼瞼，幾乎立即就身在那座一年前日日徒步前往的冰雪包覆的山坡——積雪及膝的道路兩側，幾串枯索的樹枝從雪中探出，像極瘦而靜的長長的鳥喙伸向路面；枝梢搖動著細微的反光，被寒風割碎的陽光，謹慎地舐著被低溫凍紅的臉頰。

我想著那時的自己，並羨慕起那樣的自己：在空無一人的午後的廚房，從天亮到天暗，片片段段地敲著鍵盤，一行又一行的文字自然而然從喉湧入指尖，彷彿我是噴泉，恣意且自由地噴灑著筆畫，使身周之地覆滿語言的水霧。

●

隻身的時候，我尤其想起那些尖銳的聲音來。（我所指的並非物理意義上的落單，而是，譬如在下班時間擁擠的電車內，周圍的陌生人皆是假造塑料，僅有妳與妳低頭滑挲的手機有血肉之軀。）

（又譬如，當全世界已睡去而妳獨自清醒，妳假寐，以為自己能憑空編織睡意如同織造一隻厚而透明的繭，而妳努力呼吸吐絲，眼前耳際卻無來由地反覆播放起曾經如利刃割傷妳的一字一句。）

（又或者，妳正捧著忍不住翻攪的胃部弓身俯伏在馬桶上，像一根繃至最緊的弦一聲高似一聲地拉扯食道逼出腹內的惡水，身上所有感官無助地開放，妳看見自己彎著背脊裂開臉部的狼狽模樣，嗅到毛孔蒸散逸出的汗氣與酸腐味，妳的耳無能為力地敞開，因劇嘔而耳鳴的每個瞬間，所有妳記得的經受過的羞辱指責謾罵如巨浪撲打耳蝸直搗腦神經，但妳無法拒絕。）

場景與場景之間的裂隙，腳底綻開記憶的黑谷，我一再地朝虛空反擊，向那些惡意的箭矢揮出虛無的拳頭——許多話語我至今還不能夠懂得，譬如為甚麼不能向他人求救（如果我在憤怒爛醉時需要從黑夜的崖邊被拉回）？不能透露活著是多麼多麼地孤獨（即使那痛苦使人血流遍地）？不能回絕那些我並不需要的濫情廉價的善意？不能用我唯一知道的語言去寫我如何痛惡且深愛著這世界——否則就是自我耽溺毀滅誠實的敗德之筆？

聲音的持有者，已然從現實生活中隱身退場，但我耳裏還存養著回音的幽靈，孤身一人時，鬼魅伺機纏身，我對著無人的空景頹喪而疲憊地重複演練最有力的反駁，卻每每被記憶裏那些巨大的暴力駁倒。

我能承認嗎？身為一個善謊而自溺之人，我親手砌造一口自憐的孤井，將自己深深浸入釀成一具復仇標本——當我握有筆，我就是武器。——若妳曾經弱小如幼蟻，被比妳強大的惡日復一日的禁錮折磨，這樣的妳如今竟能寫些甚麼，而且為人所讀，又憑甚麼不寫？

那些敦美溫厚的善言好語，就留給沒被折損過的花朵般的男女去享用。我的寬容僅為少數人保留。

踱過地獄的餘燼，我一邊想著這樣的事。

●

一切關於自由的問題依舊纏惱著我。

聽過某一類說法：唯有身在不自由時才知曉自由。我僅不過覺得這近似某種自我安慰，就像世上無公平不公平、凡事無好壞——但我篤定清楚我們握有並深知何謂絕對的好與惡，美與陋，僅僅是自己太無能太衰弱，不能搆到那絕對至大之美的一點衣角，徒留泥塗裏乾嗝乞憐。

我信仰，即使那並不存在。我困頓在一個觀念即實體的世界——我願意它是，它便是。

我後來明白過來：自由是假象。是匱乏。是彩鳥羽毛尖梢搔癢鼻翼那樣的想望。撩撥你，煽動你，要你拉長了眼睛瞪著那不會有神降臨的虛空，企盼著，等待著，所謂的時機，運氣，理想的生活，要你一次又一次地按捺著低下頭鑽進辱人的磨心的現實，讓無意義的事情喫掉你的一切，直到你渾身僅賸骨頭，枯風穿過未涸的血跡。你所渴欲的僅僅是虛空。

貓瞭解虛空。妳知道她可以一整個下午甚至一整天地望著牆壁，從那裏讀取來自廣袤宇宙的神祕信號，據此輕輕抽顫著尾尖的骨節。貓輕蔑語言，睥睨時間，無謂焦慮。貓的爪子是形而上的排除，刮鳌一切平面之上的記憶的洞疤。

我以為我從此能夠幸福，然而幸福也僅僅只是無數欲望中最引人遐想的一種。縱使捏緊手心，不過觸及空隙。

所謂的理想生活，是捨去了時間的生活，瞬間為無盡，一刻亦永恆。既無時間，亦無語言。失去語言的地方，是無心無眼虛空一塊。

身帶傷煞

人們總愛說面相，顴骨高是控制欲，唇上痣是貪食癖，斷眉者剋夫，耳上有痣者聰明。在他們嘴上的臉是一部書，任人點評，無償翻閱。素顏未妝時，我總用一副寬大墨鏡遮住大半臉，討厭被指點讀取的不自在。

臉容可以妝粉，體弱卻無途遮掩。除了固定發作的換季暈眩，貧血導致的低血壓，心臟彷彿再喘不過一口氣；多年的熬夜、尼古丁與咖啡因上癮，我常常揣想在一身完好肌骨之下，五臟六腑該是焦黑黏膩成何等慘狀。

而菸是戒不了的，咖啡也不能捨棄，唯一可行之途，僅有別無他顧地盡量地睡，幸虧家裏的床彈性挺好，冬天時鋪上一層厚軟電毯，上覆以冬日用的厚床單，貓悄無聲息地挨近，將小小的身軀偎暖我的腰腹，我幾乎懷著微笑入眠，這般不喫不菸地睡掉一整個白晝。

某些道理等到馬齒徒長纔好似明白一點點，譬如想活得體面些，便不能給人帶來麻煩。診所和醫院我是盡力能獨自跑就獨自做的，陌生的醫生護士面對多了也沒甚麼可畏；也曾在凌晨三點將自己拖上計程車駛往急診間，先發訊息給下午的會議窗口說我人現在在急診噢，打完一整瓶點滴再跳進捷運把自己扔往遙遠的城鎮邊緣開兩個鐘頭的會。不也撐過來了。有甚麼了不起？

你知道貓將死前，會躲藏到無人看見的角落，靜靜地死去嗎？這是我喜愛貓的原因之一：寡欲求，愛清潔，善忍耐。我揹著滿身傷瘢，淋浴時偶爾細算這裏縫過幾針，那裏又多了一道瘀痕。我只想像貓那樣，在世界無人的角落祕密地死去。安靜節制。切莫悲嚎。

離別箋

世上再也沒有人能像我倆當初那樣幸福。——維吉尼亞．吳爾芙

E：

我必須坦誠：終此一生，我並不覺得自己是個好人。直到我遇見了你。你把我身上最好的素質激發出來——我說「素質」，是因為那有時會被我們內心的陰暗所掩蓋

——但我並不否認這種矛盾，一如我所鍾愛的一部電影的名字：無瑕心靈的永恆陽光。

經常，我看著你的睡臉，在我身邊調製均勻的呼吸，此時語言的神靈向我湧來，我打開自己以便讓祂們進入。我並不是僅僅忙碌於書寫腦中的念頭罷了——那樣子做太狹隘了。我們必須開放，開放，永恆地開放，一如漫長從不間斷的行軍隊伍。

我們老了之後會怎麼樣呢？你說：就像現在這樣。——可是，所謂的「現在」又是怎麼樣的？你從未給我一個確切的回覆，你嫌那囉嗦，故你穿越繁縟細節披荊斬麻地直向我來，拉住我的手說：跟我走。

我跟你走了，暫且擱置腦中雜蕪叢生的念頭，混亂的思緒如巨大的雨林將我吞沒，而你必須拯救我，在我陷入泥沼以前，你得找到我。

有時候我覺得自己被某種意志所征服，那是安於現狀之幸福苟且的意志——不做多餘的思考，不像個嘮叨的哲學家整天整天地找人辯論存在之意義——那是我經常做的，一如我不斷向你提及那些為人所愛者過早的死亡：海子，蕭紅，邱妙津……你目眩於一個又一個我熟稔的名字，我熱情地述說他們的選擇與道路。蜀道難，難者莫若生。我願意以己身的死滅延長你美好的生活，一如我們當初曾經無比幸福。

伏莽地拾遺

我曾經不顧他物地深入那茫無人跡的雪地，將山林乾淨的空氣貪婪地吸入肺裏，想著遠在幾千公里之外我心愛的貓咪，一邊把臉埋入冰涼的霜層，沿途揀拾黝黑的山石、被風雪斬首的樹枝，打算回到屋內插在琉璃花瓶裏，鵝黃色的燈光溫暖地斜映在玻璃表面，折射出美豔而風流的光度。

花瓶下，抽屜裏，有一本厚厚的中文書，那是我越洋跨海帶去的《憂鬱的熱帶》，臨走前一天，我決定將書留在這裏，做為我的一部分，祕密記號，細小的約定。

我還能再回來嗎？不過短短一個月的時間，卻彷彿過了一整個冬天。離別前夕，我和室友燉著泡麵配酥脆的洋芋片、嗆口的可樂，還因此而挨了罵，於是我們噤聲地說笑，拿枕頭悶住自己的嘴笑到肚腹發疼。最後一場創作分享會上，貼心的Jerry走過來給我一個很大的擁抱，他說，永遠要原諒你自己，原諒你心底受傷的小孩。

我不知道我的心底藏有甚麼，有時候，我感覺自己像是一座黑夜的礦脈，入山者盡數死滅，我的內部有災難，有戰爭，有殺人如麻的魔鬼，有無情冷酷的神明。

安靜至極地，我快快地收拾了陪伴我一個月的工作室，將牆上的素描撕乾淨，留下幾塊無害的石頭，像是無言的簽署。該走了，我回望我小小的studio，鎖上大門前，發現有人在門口的梁柱上設置了一只銀色的菸灰缸。此處僅有我吸菸，想必是因為我。

我和一個上海女子搭taxi到市中心，在商務旅館住了一宿，預備凌晨五點起床、搭機。我多貪眠了幾分鐘，錯過了旅店的早餐，僅喝了一杯熱咖啡，便又搭taxi去機場等候。

意料之內地，我和她沒有多餘的告別。我想起昨晚一起喫飯時她抱怨著她的丈夫，後來她告訴我他們離婚了，我訝異著有兩個女兒的夫婦也會分開，想必很難，但她看起來非常快樂，去了很多國家拍著漂亮的照片放在臉書上。

回到臺灣，好像做了一場很長很大的夢。一時之間我還不能改口使用流利的中文，有點可笑。貓花了兩天記起我的氣味，過來磨蹭我冰冷的手指。我輕輕地將這團毛茸茸的小東西擁入懷裏，告訴她：我深愛著她。

輯四　紋身書

紋身八帖

初、楔子

從小我以一身滑膩美膚自豪，美得像一場夢中大雪，我從不擔心膚表上的皺褶難題或紅腫窘境。令我真正為難的是身材的險局：臂臀脂肪或增或減，腰圍指數時寬時細，肩胛凸股時現時隱，體重飆高又墜落——我痛恨著與肉體相關聯的任何數字——手圍，胸圍，腰圍，臀圍乃至大腿圍，一寸寸都是要迫死一個易胖體質又臉面奇薄的女子。

幾十年來，我始終心懷一個願望，尤其在急遽拓寬腰身的青春期，我曾無比地渴望擁有一把不見血光的利刃，如剁斬牛骨的菜刀大小，可以輕快俐落地一劃便割除腰間肉蝴蝶袖後頸瘤，多麼爽脆。切下來的贅肉可以掘個土洞藏在永不曝光的地底，像國王的耳朵是驢耳朵那樣，把一切的羞恥屈辱自卑自棄埋屍荒野，除了牧羊人的犬隻偶爾嗅嗅那微隆的土坷，再也不會有人指稱我的存在不夠美好。

美於我是毒。因求美而加身的算計更是劇毒無匹。因而我自笞乃至自虐般地上下索求而終究不可得，後天的苦瘦與先天的窈窕有如天差地別，我羨慕極了那些永遠輕盈如鶯如葉的女孩們，滿心豔羨，欲淚欲嘔。

紋身之技，那挾著墨汁導管的筆針，割開脂肉，汲取鮮血，像極了一場以畫為牲的獻祭。刺青確實是破壞肌膚完整的一道捷徑。對於己身的肌膚之光澤之潔淨，雖然並非全然拋卻式地毫不在意，但總存著某種破壞的欲望，僅僅是追求一種割破而復新生的執爽；一如我大肆破壞原本強健如獸隻的消化機能，為了求全肉身的纖細合度，將近十年取瀉藥與咖啡果腹，加以指間飄飄然的尼古丁煙霧，世人一瞥以為我是雲水裏下來的人。那總裹著短衫的纖瘦衫膚表下，是巨大的代價，米脂入口便腹脹逆流，非得挖除吐盡方後快。幸運的話，找著一間廁所，吐得再淋漓還有補全妝粉的隱私；到後來，體力衰弱時，一口冰一杯糖一粒米也無能消受，常常是倉促地路邊找一隱蔽角落，彎腰便嘔出大筆酸水餘渣。即使因新陳代謝速度消褪，往日削瘦身形不再，腸胃仍蠻不講理地日日與我鬥爭，我以西藥以中藥投之擲之，時勝時敗，莫非這般。

嘔吐之酸苦，紋身之痛楚，看似迥然搆不上邊，其實兩者皆面朝大海，眼望那春暖花開而不可觸。我感覺疼痛一如我感覺自由。當針尖刺寫肉膚，血滴蝵蝵泌出，我感覺到刺青師暫時屏息的謹慎，下針節奏規律而穩定，彷彿某種中庸的快板。那痛不是漫無目的的蜂螫，更似使遍巧勁的素描，亦恰恰是我足以承受的痛苦維度，那痛甚至教人斷續地成癮，逐漸地養成了一年一刺青的習慣。因為年輕，以為人生處處隱含著奇蹟的隱喻，每一起事件皆飽藏著宇宙的寓意，影響全人類的命運。

自第一枚刺青始，每一道紋附上身的黑與殷紅的密碼，便成為一道解鎖思覺的結界，有如一場持續了一萬年的穴畫，以身為石壁，刻劃華麗的戰爭，盛大的衰亡，末世的神蹟。我感覺自己的身體是被選中的，富有彈性、光澤、氣味與顏色。

八年時光，三千晝夜一如三千回流徙無涯的方生方死。我發覺自己並不如想像中的戲劇化——沒有撕心裂肺的轉折，沒有一步登天的際遇；我想大抵是我不擁有賭徒的膽量，表面行事果敢，作派慷慨，但實際上我永遠是那個悲傷滿溢時無路可退，只能偷偷握著刀刃割開一點點血管來抵銷現實磨難的小孩子。

我想，紋身者永恆地是一個小孩，偷嘗著萬千世界的禁果，那條規矩的長流，一旦跨過，就不能夠允許自己後悔。後悔的人，要當鬼。

壹、人魚咒

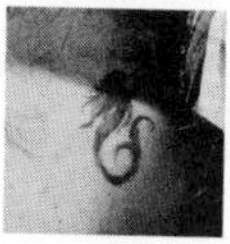

彷彿咒術，十年前興起了要刺青的念頭。當時也沒人攔阻我或鼓勵我，好像全部人都在說去吧去吧，去面朝你的大海，去找春暖花開。

想起來也是被當時的生活困得無計可施：不思進取的男人，不思進取的工作，不思進取的生活。我辭去待了一年的特約助理職務，恰是那時候腸胃開始發作焦灼，日復一日，我捧握著疼痛的腹肉，臟腑互相推擠，向外奔跑般呼喊——自由。自由。自由。

但自由究竟為何物？能教人為其死為其活？駑愚如我當年並不知道，也許一輩子我也不會曉得。至少我下了決定，要在身上記取一個教訓，記取我離開那無用之輩的決心，記取我虛度的二十七年的韶光慘慘。

我去了西門町的新宿大樓，在預約好的時間見到預定要見的人。刺青師大毛，名若其人，確實一頭毛毛躁躁的長髮，一件破T恤破牛仔褲。刺青工作室狹小不逾兩坪，滿溢著各種異國風情的細節之物，雕塑，珠石，植物，古件。我看得目不轉睛，讚嘆流連，大毛倒是一派冷靜，速速地草畫了一張等比例尺寸的人魚輪廓遞給我，九公分，黑青色，我不知為甚麼感覺可以完全地信賴他，把自己的肌膚交付給這個甚至有點邋遢意味的中年男人。

下樓後，我等待著秋天，大毛生意正旺，訂單排到冬日有找，他特意讓我開了個小差，讓我越過隊伍提前到夏天的尾端。我反正無職無事，提前單刀赴會亦毋須疑問。大毛抽出那張他補添細節的圖畫，我點頭說好，解開衣領前釦，轉身背向。

人們總以為刺青是針鑲皮肉，但第一筆劃下我纔知道，刺青原來是繡血彈花，墨筆是槍口而非銳針，幾筆過去，總要擦拭一回，再繼續繡你原應屬於的名字，圖騰，臉色。疼歸疼，但我喜歡極了那疼，像要剝開舊朽肉身如剝剖一枚核桃，顯出哪吒般的金鍛新身。

刺青是最最不能後悔的事之一，譬如你決定自己要生或者死，那種等級的無可轉圜。除刺青需密集雷射，除後餘下的浮腫白疤就向全世界人昭告你曾鑄過錯事。後悔比犯錯更屈辱。我寧可錯入修羅，也不想悔不當初。

自此我擁有了一條魚，上半身長髮及腰如波浪回望，下半身尾鰭潤美似海貝珠光。黃衍明唱：魚啊不要和人類跳舞。我不同她跳舞，僅靜靜將她豢養於後頸，連同我即將收拾的行囊，連同她的面朝大海。

一間稠人廣坐的密室，一尾人魚捨棄了五官，長髮融入空氣，成為夏日最後的舞蹈。

貳、林的聯想

回憶是芒刺，不留神便扎進夢裏。在靜若死井的無數深夜，秋移至冬，靜靜臥在左腕緣的一株枝椏像針，時不時便遇逢我低頷垂頸之際，提出日常無常的警示——個體歷史的幽靈，不輕饒心存僥倖之人。

我記得那時我和他都還很年輕，剛剛正要意氣風發的年紀，一切都是新的，一切是一座未知大陸，等待我們去探索荒唐的莽野。

所以，那一年我們去了香港。彼時，港島風瀾平靜，水紋不興，還沒有受傷而淌血的群眾之心，沒有昏厥被壓抑的抗爭之身。晚晚的夜裏，酒水交觥的霓虹燈招裊裊爍爍地漫著港城繁華地心的靡靡雨光——我們那麼年輕，全心相信彼此，觸及信仰，那是比渡越貧窮、比抗衡暴戾，更艱難而細膩的事情。

在蘭桂坊喝了點酒，在微雨中漫步坡上，抬頭看見一家刺青小店，一時興起，拾階提足而入。一名正等著欲除刺青的男子，瀝乾他的皮肉清淨，我問他為甚麼要除刺青？為甚麼要後悔？他說：不愛了，不想要了。

這男子彷若一則預言，揭示了後來所發生的崎嶇波折。我見到年輕的刺青師現身，他蓄著短髮，問：你要甚麼？你想要甚麼？隨即速速落筆描出一株樹、一隻雀，分別烙在我和他的手腕肌膚，做為某種簽署、賞鮮期的保證書。

事逾七年，我動過無數次欲將那細小枝葉清除剔刮的念頭，或者就壯大它、繁衍它，讓它長成另一種我全然不識的樣態，我打算將它改造成一棵印度菩提，張開葉蓋，原來的樹形隱伏其下，像傘面下一根細肋，不顯突兀，忘卻張狂，所有修羅暴怒的瞬間，皆作三千揭諦狀，如梵之變形。

但這念緒至今未竟，那細小之葉仍靜靜繡在我無法剷除之處，紋戳於左手腕的白皙嫩肉，肢體邊緣最不顯眼處，頑抗著風雨吹割，固執地要貼緊我的一小部分。

刺青是咒，是一種賭，崩壞的交易，謊與血的淵藪，一株細小林苗，在齟齬拉扯的當下，也能蔓至漫天猙獰藤爪。

事實上，我是極反對除刺青的，那蒼白突起的肉痕，教人一望即知自己的後悔與莽撞。破除咒術應有其他走徑，我仍在等候，候待每一個噩夢之夜，萬林俱寂，破曉時咒語崩散，新的一日，我的心屬於可愛的人。

參、石矢之的

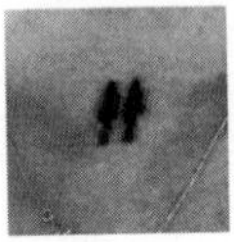

愛是茹毛渴是飲血，第三枚刺青生在我寸草不生的喉間。那時候揀了非常多的石頭，從海邊從河畔，從七星潭到老梅海岸與綠島沙灘，盈白慘雪的珊瑚斷肢像雀爪一樣，銳銳地箝抓住手指眼睛。還有就是石頭，裝了好幾袋搓掌溫膩的石塊，大大小小，大的可作紙鎮、門擋，小的揉在掌心像鴿子蛋。

那陣子，日子就像平滑的海石，簡明扼要、風雨不驚。我剛到新的環境開始新的工作，新的身分和新的識別證讓我又緊張又快樂，剛搬家到某條綠樹蔽蔭的巷子裏的公寓，第一次擁有三房兩廳和前後陽臺的空間，我愉快地打掃燒水、煮米洗菜，將打字機、各色披巾、珊瑚石頭拿出天日布置家私，一切風平雨靜，最大的危難不過是盲眼的街鼠疾疾奔走於陽臺，驚壞了僅聞其製造的巨大噪音便縮身弓背不敢出房門的我。

一年一枚刺青，似乎成為身體的慣例，於是翻索煉金術士的符號表，選了箭矢形狀的符號，意味著石。石矢邊緣粗礪不平，彷彿樹廓殘影，亦被不少人誤指為木，我總是相當介意地細細解釋。也是去西門町尋大毛，友人K陪著我去，時逢冬天，忘了有沒有跟K共撐一把傘？或是一向貼心的K護著我走在馬路內側？許多記憶的細節彷彿魔術，想甚麼便可能是甚麼，而真實是刺青師大毛快手快腳寫在我喉頭的兩枚黝黑石箭，為了石頭，我寫過許多溫熱的詩滾燙的句子，時間是火，把我們放在舌尖燒灼。

一度我曾經以為自己的心永遠會變成石頭，但現在我曉得那冷涼堅硬的表殼底下，包藏著的一切僅僅暫時沉寂，不可能永恆僵死。

我將大量的石礫寫進字裏，那些灰黯的粗礪的尖銳的沉重的一轉眼成為沙金。

我倨傲也焦慮於我所握取的煉金法術——我所鑄造者，所拋棄者，所背叛者，所擁抱者，無一不深切割入我的心肉，一字一字地，痂疤為詩，無可言喻。

關於心啊我想要說，由於某一個人，我的心褪石為金。他曾擁有我金子般的心，他從不知曉該怎麼去珍惜。

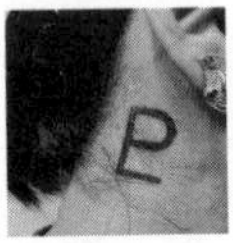

肆、冥王之域

時間是流質，是污濁卻磅礴動心的水域，圍繞著我們的脖頸耳珠，無聲地摩挲，愛撫，親吻，安神。那時光之流每每漩繞一次，便帶走一點點微不足道的肌膚，一點點脆如霜層的信心，一點點卑下無名的愛。

距離電影開演還有四十五分鐘，這一段不長不短的空白裏，西門町的街與人臉均荒荒地沸騰著，而我極想在身體上在這一刻留下些甚麼，便打開Google Maps尋得附近步行可抵達的刺青店。我並沒有想太多，喝得微醺半醉，披著半不蔽體的短小洋裝，在西門町的巷弄內把自己耳後的荒地交了出去。店名也早已忘了，我整個人暈陶陶地飄進店內，年輕的刺青師沉默不語，端詳我清醒後後悔尋讎的機率，之後冷然地舉起槍針，在我右耳後方骨骼突起的位置，刻描兩個粗黑顯眼的字母：P與L。

Pluto，冥王星，一顆星便要價數千餘，但至此我終於擁有了自己的星球。我邊忍著肉身活該喫吞的疼痛——那真是我經歷過最痛的一次紋身，酒水麻痺皆無用武之地——邊默想著那寸水無流的荒蕪之星。我的心也那麼荒涼那麼黑暗，我要永遠地記取這廣漠無垠的荒涼與黑暗，把它們帶到燈光下月光下人群中，去重新燃燒重新溫灼重新打磨，教星環鑠鑠，教語言無用。

電影終究該開演了，我側拉著右頸肩，束起長髮，奔赴三四條巷路後張開雙臂戲院歡喜地炫耀那無用之用的縮寫。濃縮的隱喻，自造的城垛，他人之手墾荒鏟地的護身之咒，奔赴一場如今我早已忘卻名諱的影展片。

時間是傾斜之沙，我們無法良久地穩穩地站立原地，僅能隨沙瀉走。總之此刻起，我的右耳與右頸交吻邊界，斗大的黝黑的一顆星正起伏呼吸著，它忠誠無欺，凝視著我行過地獄。

伍、太陽系之夢

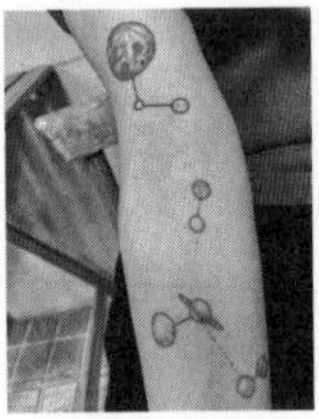

怎麼會興起將太陽紋入肌骨的念頭？有時候實在覺得自己荒謬，像飢餓而膽怯的

貓，一性急也會張口咬上手腕。許多時候，我們願意做甚麼便做甚麼，所有的理由都是權宜的藉口。

第五枚刺青便是這般結果。刺得很美，也有點昂貴，不過是在住處附近被一家位於二樓的刺青店的黑色窗簾和招牌上浮誇斗大的「刺青」兩字勾動了心神——有時候特別容易被虛浮的事物吸引，明知道那是徒勞，但總要給自己一些說服：好不容易鐵下心離開上一份工作，終於可以挽回渴望已久的寫作狀態，該給自己一份紀念——關於紀念的意義，還有甚麼比刺青更毋須言明的嗎？細刻的墨針織進肌膚，細細地滲出鮮血，像四月裏微雨降下紅霧，然後你便有了一個永久的、至死不消磨的記號，像一隻蝴蝶被利針標注在一張世界地圖上，那死去的彩翅和僵固的纖體便化作一座殉道之城。

等待預約日期抵達的時間，我經常將左手掌挽在右手臂上，輕輕地描摹著右臂內側的皮膚，揣想著那將要刺入我身的太陽系。星球是繽燦之果，被宇宙黑暗的虛線穿過核心，串聯為我們從無形諸的語言的繁星……

終於等到約定來臨的那天，在樓下抽完菸後，就著狹窄潮濕的階梯攀上二樓，樓內亦可吸菸，小室裏裸著半身的年輕男人方才正俯趴著紋上半袖，還在刻線階段便中場休息抽根菸。我們輪流將蒼白的煙往窗外噴吐：陰雨霾霾，典型的臺北初冬。我在屋簷下安然地等候，先是朱砂色一團圓火般的太陽，虛線的最末端懸著無表情貓眼珠般的冥王，其間飄浮著珍珠藍木石褐的七只行星，隨著針尖的漸次深入、移動、打磨而浮現輪廓。

痛是不至於多麼痛的，但針尖反覆刮擦著肌膚，激出薄薄一層冷汗貼在額上，我記得自己心急，頻頻問還要多久？刺好了嗎？長髮素面的女刺青師耐心微笑地應對我的提問，她兒子長得比母親還高，一旁窩在中學生的死藍色書包裏寫作業。瞬間這間針與肉碰撞的刺青室恍惚變為家庭代工的場景，母親摺著紙星星兒子踏著縫紉機，刺繡也似，將他們的日常織在捻在手裏。

陸、顛倒夢想

其實那時候某人的死並沒有太深地撼動我。對於他人的死亡，我一向不能夠具體明白該如何反應、該有何反應。也許因我不相信輪迴，也許因我亦不信任靈魂。肉身滅時，意識俱滅。只是我還沒有辦法解釋這世間遊蕩的許許多多無依無主的鬼魂。

鬼魂趁我衰弱時前來附身。那陣子我可能喫了大量的藥，飲下大量的酒，耳目恍惚，睡醒便吐。酒的味道真難，像石頭一樣硬冷，像雨一樣澀。無解妄念纏繞我心神如蛛絲噴繞，日子是一張網，我惘惘然罩籠其中，時間本身緊緊鐐銬住我。

關於時間，無以為繼。我寫不出更好的字。無法再為人所愛。無法重返青春年少。夏天，溽暑黏膩。某人之死給了我一個莫好的理由，我渴求痛，渴求被烙記。溽熱繁重的夜裏我反覆抄寫心經又撕去，一筆比一筆更潦草更凌亂，就著公寓窗面透進的微弱夜光，筆跡在慘白的紙頁上忽而放大忽而縮小——無智亦無得。以無所得故，菩提薩埵。依般若波羅蜜多故，心無罣礙；無罣礙故，無有恐怖，遠離顛倒夢想，究竟涅槃——遠離顛倒夢想。遠離顛倒夢想。究竟何解？應作何解？我不明就裡也無意用功，但這六個字剎那間深深地震顫著我，比死更祕密，比死更誘人。

恍若更生蝴蝶，我聽友人H的建議去了一家刺青店，那店靜默於蕞爾之地的邊緣，傍溪的一條小路旁。店四周是汽車廠和遲早不營業的小喫攤，它抱藏著墨與血等候，來尋刺青者斷續不絕。我在店裏翻完一冊奇異的刺青圖鑑，冊中滿是貓與女巫與死神髑髏，教人興味盎然。輪到我時，我裸露左臂，以擒拿術中彷彿被反扭後臂的扭曲姿勢俯在工作桌上，針刺進肌膚的第0.0001秒我便感到莫大的快慰：痛楚，記號，極輕極微的抽搐，血。

不超過一個鐘頭，我便擁有了一行深青色的咒語：विपर्यासातिक्रान्तो

傳聞道，經文不能紋身，人身有限，會承受不住經文的重量而傾頹。我查了資料，似乎多半在談泰國的「五條經文刺符」以及菩薩像。語言太重而肉身太輕，使人起煩惱，生妄念。而世間一切莫非語言，尤其存乎於戀人之間：離別前的擁抱，撫摸對方頭髮的手勢，互相凝視的幾秒或幾日，所有的吻。

語言是幻術，我是如此依附它而存活的人，因而經常感覺活著也是一場虛妄，一次幻覺（難道誰能反駁你說不是？）最好，活著可以是一個不冷不暖的夢，像一枚圓好溫熱的卵，柔軟富彈性地裹住蜷曲卑小如嬰孩的我們，阻絕那無情而無聊的現實氣層。

柒、罣礙恐怖

那一年，我還擁有一個安身之所，說是蝸般的寄居也好，至少是整層的兩房一廳小公寓，內有一間無空調的書房兼衣物室，一座長寬僅一坪小廚房。

大多時候，我拒絕了公寓門外的嘈雜人聲，低頭悶著弄米洗菜、煲粥滾湯。然而，每次我抬頭望向半啟的書房門扉，心底難掩苦與懼——恐懼是從地心搖顫直上的震波，地表微微搖晃看不出端倪，彷彿只是風扭動了碎砂的路徑，而其下已然萬丈震盪，不成形狀。

恐懼甚麼？——我自己也整理不清楚。我擅長收納與歸類，但無法清醒地馴服或放養內心的獸。若非馴順，便是驅逐。我有連自己也幾乎不能踏遍的荒原，野地上蔓草遍生，石稜尖銳得割傷月亮。

在獸與我的聯手驅策下，我迅速近乎草率地遇見了Z，並且覺得自己愛上了他。與Z之間簡直是鏡花水月。我至今也弄不懂為甚麼能夠為他著迷。初見的那晚我有點醉，剛從友人的一個派對離開，他以讀者的身分向我請求一次約會，我答應了。然後他一卷長髮，一雙尖頭皮靴，像一匹初嘗野性的小馬在我面前蹬繞。我記不起來那晚我們究竟說了些甚麼，總之都是些言不及義的話，我藉醉意大談對詩對他人的愛與憎恨交纏成酸水苦汁，吐光汁水後我還不想離開，Z便領我去附近的撞球檯，我極其所能地賣弄著身段風情，挑動他。

Z實在是好看的男孩子，比我小了七歲，削肩，薄唇，桃花眼。我依舊不理解，他接近我是為了我這微不足道的名字，或者他也願意被我勾引一點點？很快地我們約了下一次見面，見面那天，我在捷運站等著遲到的Z等了整整一小時。在這短短的一個鐘頭裏，我決心要丟棄曾經擁抱的一切。

後來發生的事像萬花鏡，一秒鐘變一種形狀心意，巨量的恨與愛同時爆發，過程裏難以盡數的拉扯與細節暫且不論，總之最終我離開了那間公寓，搬進一棟小套房，但也沒有和Z真正在一起。我得不到他，他也並非真正想要我。我們不過是兩個迷惘的星體，交錯在偶然但必然的途徑上，又各自孤獨地旋轉著遠去。

在那段看似一切盡數搞砸的日子裏，我收養了一隻貓。從貓進駐我房間的第一刻起，我明白過來，比起緊纏彼此像兩隻蜘蛛互吐黏膩網絲的人與人，貓的感情才是真正地強壯，乾淨，無所疑懼。當貓用毛茸茸的尾巴尖在你小腿上寫字，那樣的愛便純粹是愛的本身，不摻一粒雜質。

撫摸著一鼓一鼓吞吐著暖融融呼嚕的貓，我第一次知道了它的意思：無罣礙故，無有恐怖。我去了先前的刺青店，把貓贈給我的語言紋在右前臂，感覺彷彿重新拾回了一點點平衡，能夠在鋼索上再踮著腳，多走幾步。

捌、我貓

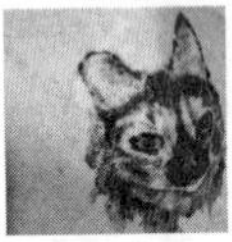

那個溽暑，我帶著貓搬回熟悉的街區。一棟四十年老公寓的五樓，房間比一年前搬入的套房大上兩倍，木質地板，價錢不增，我很喜歡。貓是一貫比我強韌的，花了半小時熟悉環境後，便衝前衝後地喵喵叫。

大致上安置好物什，開始採買。從找屋到遷入僅有三天時間，對方不給空檔，我也不想久留。很多生活必需品得備齊，連續數日，去對街的小北百貨搬購各種用品。暫時落定後算了算：六年來，總共搬了九次家。身心早就越過疲乏的臨界點。看著浴室鏡中的自己，恍惚間好像又看見二十歲時那個無法修理邊幅的、邋遢而悲傷的女孩子。

我找到E，他身著卡其色工作服，各只口袋裏盛載各式刀剪，他手法明快地理順我滿頭滿心的毛躁，於是我立意帶走他，帶他去我有貓和火的家。

他是有伴的，但我不管這些，只想對他好，想看他躺在身邊睡著的側臉，安穩溫和得像小孩，被愛得不夠的那種。

一切彷彿太快，但又不足夠快。E不在的時候，我吞服加倍數量的藥片仍然沒辦法睡，心口一把地獄火在燒，燒得全身痛燙，只能抱著貓哭。貓抬起小巧的下巴，濕涼的黑色鼻頭磨蹭我的，黃橙色的圓眼睛瞇成一線，教我別想，別再去想。

貓沒有戀人，不會推門而去，不像我們，太熟諳轉身便丟棄他人的心。又是輾轉未眠的一夜，我提早了刺青的預約，揹著近午的烈日去尋刺青師的閣樓。八年前，我在這裏紋上此生第一枚刺青，將近十年再照面，感覺對方彷彿老了一個轉世。又或者是時間的幻術，總讓我們在同一條河流裏，不謹慎地溺斃第二回。

刺青師擎著貓的相片，針與墨在我身背的肌膚細細地繡，貓在相紙上半瞇杏眼，如同平常地輕巧凝視著我。

約莫一個鐘頭後，貓安靜地蹲進我的左肩胛，像荒地上開出一株櫻，我的身體自此有了一個毛茸茸軟綿綿的春天。那是貓保證我的季節，軟語誓下的諾言，永不折讓的清楚的愛。

他身之鬼

我熱衷於觀察他人身上的刺青，也不是一朝兩夕的癖好，紋身者就像自帶磁場的硬石，時不時便被他人身上的圖騰手寫字給吸引去了眼睛，像孤獨的遊魂藏在正常運作的身體裏，而紋身是符，一經召喚，卻不由自主地受牽引而去。

我最熟稔且親暱的紋身，鑲嵌在E的右臂頭：一張齜牙咧齒的素顏神獸，定定地躺在E白皙結實的肌肉上，那處的肌膚因久未經日曬而較於身體他處更加蒼白嬌豔，亦教那獸的色澤神態更加趾高氣昂；獸的眼窩刻意留白不點睛，E說是為了防其餘的魂魄附體，有雙目者總動不動便招來無事的幽靈，需要一道視線凝視自己，凝視牽動現形，我左肩胛上的愛貓阿醜刺青便被E叨念過：唉怎麼刺眼睛了呢？我抗議：阿醜的眼睛很可愛啊！

E不再刺青，自有他的理由：他現在安分守己，只想過太平日子，浪蕩的過往隨孟婆湯一仰而忘了罷。但另有他人，是時時刻刻將刺青攢在喉頭抱在胸口的，譬如G與H，以及他們的父親和母親。每個成年的男子都懷抱著某種回歸子宮的願望，G是完全不怕疼的硬漢男子，G的父親走時他甚至沒有多餘的傷感，回南部處理完喪葬後，將爸爸的書法字一筆一筆紋進了脖頸，像一份深深的懺情。

而H的眷戀則是母親。H長得好看，搞設計的男人大多寡言，菸一根接一根地抽，啤酒一打接一打地灌，在H細瘦的肩頸之間橫寫著一行日文字：生而在世，我很抱歉。那是他致母親的道歉信，縱使他至今依然離世背俗我行我素地活著。

紋身是鬼，透露出凡俗之軀難以自抑的欲求，那些無法被實現的願望——願某人一生平安，願愛人不離不棄，願貓狗長生不衰，統統被容納進一枚僅有眼窩而無軀體的圖騰之靈裏。於是紋身之人感覺有神明護法，有了真正的沉甸甸的魂魄進駐其身。

此即愛意，對虛空剖肝挖心的許諾——但倘若不是，又能如何？

我心繫刺青師大毛，每逢有人問該往何處紋身，我總指點對方繞開西門町擁擠的紋身巷，去新宿大樓高處找一間嬌小琳瑯工作室。大毛的好處是：他的粗獷強壯外表與細膩得要折斷的心思拉出強烈的反差，那股張力僅有藝術家才能具現。不到四坪的工作室裏，騰出一小角落給負責編寫FB訊息的女孩子，其餘的空間都是大毛的收藏：七〇年代的牛仔褲；重磅老牛皮衣；印度纏繞刺繡畫幅；層層疊疊的公仔玩偶最懼地震；窗邊茂密的多肉植物一盆挨著一盆，綠燦燦地伸著手指一抓一闔……大毛端坐其間，如一頭心滿意足的大貓，來者是肉，任他調動刺槍蘸墨一筆一筆寫入疼痛的核心。

我曾問E要不要帶他去讓大毛將臂上的龍點上雙瞳？E說算了，點睛會招來不好的靈體。我說你怎麼知道？他說，我媽說的。母親神牌在這時候相當好用，E的母親做往生超渡事，舉凡神佛禁忌修羅地府她都略懂一些。她身掛好幾串佛牌念珠，一串串地要把她嬌小的身軀壓得更緊實些。

我拿E沒辦法，也就由著他去。他人身上的魍魎是我無法涉足的幽冥，那些怒張的龍目、威嚇的獠牙、筆畫亂舞的塗抹、異國語的詛咒。

紋身者，莫過於人心魑魅。我們體悟到生存非得險中求全，不瘋魔，不成活，那是《春光乍洩》與《霸王別姬》美麗男子的人生。身屬凡庸，如何求取美麗？唯獨一一將心嚮往之的美德紋在肌膚血肉之上，跋涉肉身的地表抵達意義的荒原。

大意義者，無可言說。我默然臥看他身之鬼，像端詳一整個世界的壞念頭。

後記——

生而在世，我很感激

經常，我從凌晨死沉地睡至昏黃的傍晚，時已近夜，懊悔無用，一睜眼便看見貓貓阿醜安詳熟睡於我身側旁枕被，小小的身體將被子煨得融暖，像一塊毛色駁雜的奶油，那股理直氣旺的安定，讓我暫且諒解自己的憊懶。

在最難捱的艱險的生活的低潮，貓始終不離不棄地陪著我：搬家也好，出走也好，喝得爛醉而伏在臉盆上難看地嘔吐也好，貓不嫌棄我，她甚至會睜大了亮亮的眼睛歪頭凝視著我，趴在我虛弱的腳邊，認命地接納這個無用的主人。

因是，我頻繁地寫貓，貓無處不在，在我孤身無助的深夜，在我有了愛人而安心醒轉的早晨，在我深眠不醒的白晝，在我失卻睡眠的凌晨，當晨光盛放，貓一身金光斑駁端坐窗前，猶如柔軟而寬容的神諭。

每每看見貓凝望著窗前風景、巷弄人影，我便誕衍出神在貓瞳的幻覺。

在寫這集散文時，我們有了第二隻貓，取名為パン，諧音為「胖」。與阿醜完全相反，パン對人的碰觸相當抗拒，以致齜牙咧嘴哈氣相對的程度。我將パン那種頑強的趣味寫進了〈貓來〉之中；從與貓同居（〈貓居〉）、貓來乍到（〈貓來〉）以至貓的不離棄（〈貓在之地〉），貓幾乎是我全部生活的心脈，沒有貓，我僅賸一副遊魂般軀體，並且毫無意義地老去。

我寫下許多瑣事，當前發生的小事，以及種種不可追的逝水光景。那些無望的破舊的情感，城市的縫隙透露的信息，還有寵愛著我的人們。我們相遇又各自離散，不做道別地任命運安排。這樣隨波逐流的我們，卻也能夠無條件地被深深愛著。

生而在世，我很感激——我想告訴你的，不過如此。

國家圖書館預行編目資料

貓在之地/崔舜華著. -- 初版. -- 臺北市 : 寶瓶文化事業股份有限公司, 2021.03
面 ; 公分. -- (Island ; 308)
ISBN 978-986-406-227-0(平裝)

863.55 110002816

Island 308

貓在之地

作者／崔舜華

發行人／張寶琴
社長兼總編輯／朱亞君
副總編輯／張純玲
資深編輯／丁慧瑋　編輯／林婕伃
美術主編／林慧雯
校對／林婕伃・陳佩伶・劉素芬・崔舜華
營銷部主任／林歆婕　業務專員／林裕翔　企劃專員／李祉萱
財務主任／歐素琪
出版者／寶瓶文化事業股份有限公司
地址／台北市110信義區基隆路一段180號8樓
電話／(02) 27494988　傳真／(02) 27495072
郵政劃撥／19446403　寶瓶文化事業股份有限公司
印刷廠／世和印製企業有限公司
總經銷／大和書報圖書股份有限公司　電話／(02) 89902588
地址／新北市五股工業區五工五路2號　傳真／(02) 22997900
E-mail／aquarius@udngroup.com

法律顧問／理律法律事務所陳長文律師、蔣大中律師
如有破損或裝訂錯誤，請寄回本公司更換
著作完成日期／二〇二〇年
初版一刷日期／二〇二一年三月二十四日
ISBN／978-986-406-227-0
定價／三二〇元

贊助單位／ NCAF 國|藝|會

AQUARIUS 寶瓶文化事業

愛書人卡

感謝您熱心的為我們填寫，
對您的意見，我們會認真的加以參考，
希望寶瓶文化推出的每一本書，都能得到您的肯定與永遠的支持。

系列：Island 308　書名：貓在之地

1. 姓名：__________　性別：□男　□女
2. 生日：____年____月____日
3. 教育程度：□大學以上　□大學　□專科　□高中、高職　□高中職以下
4. 職業：__________
5. 聯絡地址：______________________________
   聯絡電話：__________　手機：__________
6. E-mail信箱：____________________
   □同意　□不同意　免費獲得寶瓶文化叢書訊息
7. 購買日期：____ 年 ____ 月 ____日
8. 您得知本書的管道：□報紙／雜誌　□電視／電台　□親友介紹　□逛書店　□網路　□傳單／海報　□廣告　□其他
9. 您在哪裡買到本書：□書店，店名__________　□劃撥　□現場活動　□贈書　□網路購書，網站名稱：__________　□其他__________
10. 對本書的建議：（請填代號　1.滿意　2.尚可　3.再改進，請提供意見）
    內容：__________
    封面：__________
    編排：__________
    其他：__________
    綜合意見：______________________________
11. 希望我們未來出版哪一類的書籍：____________________

讓文字與書寫的聲音大鳴大放

寶瓶文化事業股份有限公司

（請沿此虛線剪下）

廣　告　回　函
北區郵政管理局登記
證北台字15345號
免貼郵票

寶瓶文化事業股份有限公司　收

110台北市信義區基隆路一段180號8樓

8F,180 KEELUNG RD.,SEC.1,

TAIPEI.(110)TAIWAN R.O.C.

（請沿虛線對折後寄回，或傳真至02-27495072。謝謝）